LIBERTE-SE!

Um romance dos Irmãos Walker

J.S. SCOTT

Autor nas listas dos mais vendidos NY Times & USA Today

Liberte-se!

Um romance dos Irmãos Walker

Tradutor : Alice Klesck

Copidesque: Alicia Carmical – AVC Proofreading

Design de capa de Cali MacKay – Capas de Cali

ISBN: 978-1-939962-76-8 (E-Book)
ISBN: 978-1-939962-77-5 (Paperback)

ÍNDICE

PRÓLOGO

Trace

eus, por favor! Deixe-o viver.
Eu estava tão ligado de café que nem conseguia pensar direito. Olhando abaixo, para Dane, meu irmão mais novo, numa cama de hospital, eu continuava torcendo para que fosse um pesadelo.

Se eu estiver dormindo, preciso acordar, porra!

Atracado à grade lateral de sua cama, eu queria chorar. Mas não o faria. Eu não podia.

Meu pai estava morto.

Karen estava morta.

Só me restavam Sebastian e Dane, e a vida de Dane estava por um fio. Eu não perderia meu irmão caçula. Já tinha perdido muito e minha sanidade não suportaria outra morte.

Não fosse pelo fato de que Sebastian e eu tínhamos provas finais, nós estaríamos naquele jatinho particular, quando ele caiu, mas havíamos partido de Las Vegas três dias antes. Eu só tivera tempo de participar do casamento e voltei para as provas da faculdade. Assim como Sebastian, meu irmão do meio. Dane,

1

recém-formado no Ensino Médio, ficou com um amigo que morava em Sin City, para passar mais alguns dias, antes de voltar ao Texas, com meu pai e sua nova esposa, Karen.

Ao pensar em meu pai, a tristeza quis me dominar, mas eu não deixaria. Nesse momento, eu precisava de controle. No alto dos meus vinte e um anos, eu tinha terminado a faculdade e estava pronto para concluir minha formação.

Subitamente, eu agora também era o chefe da Família Walker, numa posição que não achava estar pronto para assumir. Porém, sendo o mais velho, que escolha eu tinha? Agora, todos vinham até mim para decisões e eu precisava tomar a dianteira.

Eu rezava a Deus – de cuja existência eu antes duvidava – disposto a tentar qualquer coisa para que Dane continuasse vivo.

Os médicos disseram que se Dane conseguir, ele terá cicatrizes. Como se eu desse a mínima pra isso. Só quero que ele consiga respirar sozinho, porra, sem esse aparelho de oxigênio.

Eu mal conseguia ver seus olhos, mas dava pra notar que ainda estavam fechados.

Droga!

Eu comecei a respirar ofegante, meu coração disparou. E se ele não conseguir? E se eu também o perder?

Eu estava me sentindo sufocado com a roupa de proteção que eu estava vestindo para evitar contaminação no quarto de Dane e diminuir seu risco de infecção.

Merda!

Controle-se! Controle-se!

Tenho que conter minhas emoções. Há pessoas que dependem de mim nesse momento, incluindo Dane. Eu me recusava a perder a esperança. Os médicos não tinham me dado notícias boas exatamente, mas meu irmão era um guerreiro. Ele conseguiria.

Desde pequeno, eu fui ensinado para assumir o lugar do meu pai quando chegasse o momento. Só não sabia que seria tão depressa. Eu pensava vagamente, em ter de assumir o seu papel, enquanto terminasse minha formação.

Travei ao pensar que meu pai estava morto. Eu ainda não tinha lidado, de fato, com isso.

Subitamente, eu ouvi a voz do meu pai em minha cabeça: *Filho, se você desmoronar e perder o controle, tudo à sua volta vai ruir também.*

Ele estava certo.

No passado, nós sempre contamos com meu pai e ele foi o homem mais forte que eu conheci. Se ele possuía fraquezas, eu nunca as vi. Talvez eu pensasse que ele jamais morreria, que tinha vigor demais para que a vida lhe fosse tirada. Pensar nisso repentinamente me deixou vulnerável, mas não havia tempo pra ser um fracote. Agora eu teria que seguir sozinho, deixando que todos se apoiassem em mim. Se eu estava pronto ou não, não importava.

Meus olhos captaram um movimento do lado de fora da porta e eu vi Sebastian colocando a roupa esterilizada para entrar.

Ele chegou.

Eu sabia que ele estava a caminho, mas me surpreendi com a rapidez de sua chegada. A expressão de meu irmão estava sombria, ao pôr um par de luvas. Uma bela enfermeira se apresentou para ajudá-lo a prender a máscara.

Sebastian ainda tinha que terminar a faculdade e Dane ainda nem tinha começado. Eu seria a pessoa em quem eles buscariam apoio. Embora Sebastian fosse apenas um ano mais novo que eu, ele nunca tivera a mesma orientação que meu pai me dera, pois era mais jovem e tinha outros objetivos.

Meus dois irmãos precisam de mim.

Quando os olhos de Sebastian cruzaram com os meus, através da porta de vidro do quarto, foi como um clique dentro de mim. Ele parecia tão chocado, exausto e desesperado quanto eu, naquele momento.

Não demonstre! Eu não posso deixá-lo saber que estou sufocado e com dificuldades para lidar com tudo que está acontecendo. Ele precisa de mim e o Dane irá precisar tanto quanto ele.

Forcei-me a encarar Sebastian, tentando silenciosamente demonstrar que tudo ficaria bem, mas deu pra notar que ele não estava engolindo.

Nós dois sabíamos que, em questão de instantes, as nossas vidas haviam mudado profundamente e que nada jamais voltaria a ser igual.

CAPÍTULO 1

Eva

O PRESENTE...

— O Sr. Walker pode recebê-la agora. – A voz feminina, em tom de reprovação, vinha de um corpo e rosto que poderiam facilmente pertencer a uma super modelo. Olhei para a mulher e inclinei ligeiramente o queixo, ao levantar. Eu era pobre, estava com fome e desesperada. Mas, nem morta, eu deixaria que a *Senhorita Perfeição* soubesse disso. Talvez a minha falta de recursos fosse óbvia, mas eu jamais deixaria que ela soubesse que isso me intimidava. Eu não me impressionava com bilionários, como acontecia com a minha mãe, e nunca desejei a riqueza.

Tudo que eu sempre quis foi viver uma vida feliz, sem medo. Ainda não tinha chegado lá... até agora. Mas eu me recusava a desistir de tentar.

Gente é gente e os ricos podem ser tão malvados quanto uma pessoa que vive na pobreza.

Assenti pra ela. - Obrigada. – Não que eu fosse grata por ela me deixar esperando durante horas somente pra falar com seu

5

chefe, mas agradeci porque fui acostumada a ser educada. Meu pai me ensinou boas maneiras desde que aprendi a falar. Ele sempre dizia que você recebe aquilo que dá. Ao longo dos anos, depois que ele morreu, eu descobri que essa teoria é ligeiramente falha, mas acredito que, na maioria das vezes, ele estava certo. Portanto, eu procurava me lembrar de suas palavras e tentava ser cordial com todo mundo.

Infelizmente, meu lado de latina nem sempre era tão paciente quanto meu pai foi.

Eu havia passado praticamente o dia todo esperando, num arranha-céu que pertencia às empresas Walker no centro da cidade de Denver, só para falar com *ele*. Trace Walker era um homem que eu tendia a desgostar, mas era minha única esperança, e no momento, eu estava lutando pela minha sobrevivência.

Tentando parecer fazer parte desse ambiente elegante – ao qual eu não pertencia – atravessei o escritório e fui até a loura perfeita, me esforçando para manter a dignidade com meu jeans rasgado e uma camiseta que já tivera dias melhores. Meus cabelos escuros e cacheados estavam caprichosamente presos num rabo-de-cavalo. Ainda assim, eu sabia que provavelmente parecia exatamente o que eu era: uma pobretona sem ter onde cair morta.

As pessoas mais gentis me chamavam de morena, ou moreninha. Meio mexicana e meio caucasiana, eu era o que as pessoas menos gentis chamavam de mestiça. Como um cão vira-lata, eu não sabia o meu lugar no mundo, nem exatamente quem eu era. Só sabia que havia me rebaixado o suficiente para procurar um Walker, o que significava que agora eu não tinha mais ninguém a quem recorrer.

A Senhorita Perfeição abriu a porta do santuário de Trace Walker, como se fosse uma ocasião solene. Fiquei imaginando se ela algum dia sorria e se sorrisse o que poderia acontecer. Seu rosto provavelmente racharia. Sua expressão tensa e impassível não havia mudado durante o dia todo, mesmo quando fui agradável com ela.

Ela obviamente não ligava muito para o que dava... ou recebia de volta. Bem, não com uma mulher como eu. Passei direto por ela, tentando não olhar mais para sua expressão esnobe. Durante horas, ela ficou olhando pra mim, como se eu fosse uma barata que precisava ser esmagada e eu estava ficando cansada daquilo. Minha afabilidade tinha limite.

Quando finalmente entrei no escritório de Trace Walker, eu não notei a decoração contemporânea de classe, nem a obra de arte moderna na parede. Não vi as incríveis vidraças que iam do teto ao chão, mostrando uma vista deslumbrante da cidade. Não que seu escritório deixasse de merecer minha atenção. Eu simplesmente...

Não consegui notar.

Meus olhos imediatamente desviaram pra ele e eu não consegui mais desviar o olhar.

Tentando me lembrar de que eu não *poderia* e nem *gostaria* dele, caminhei lentamente até sua mesa imensa, sem conseguir ignorar a vibração máscula que emanava de seu porte gigantesco.

Eu já tinha ouvido falar que era ele extraordinário e controlado. Mas nem dei ouvidos. O quão assustador poderia ser um cara de vinte e um anos, mesmo sendo podre de rico?

Agora, eu estava pensando que as histórias que ouvira a seu respeito eram provavelmente verdade. As pessoas eram atraídas por ele por algum motivo, sua presença magnética. E ele ainda nem dissera uma única palavra.

Sentei-me na poltrona luxuosa diante de sua mesa, observando-o, tentando analisá-lo, e ouvi o clique suave da porta sendo fechada pela secretária. Tudo nele tinha a ver com dinheiro, classe... o que nada tinha a ver comigo. Seus dedos longos e másculos voavam sobre o teclado sobre a mesa, enquanto ele olhava a tela do computador, parecendo descontente.

Mesmo irritado, Trace Walker era provavelmente o homem mais bonito que eu já tinha visto na vida.

Ele tinha cabelos curtos e cheios, numa mistura de tons de castanho. A barba por fazer quase escondia o maxilar forte e os belos traços. Da minha poltrona não dava pra identificar a cor de seus olhos, mas ele tinha cílios de matar.

O terno imponente, certamente feito sob medida, também intimidava um bocado. Isso o tornava ainda menos acessível para uma mulher vestida em farrapos.

O que eu estava pensando, ao arranjar um jeito de entrar na cobertura do prédio dos Walker, querendo falar com o próprio Trace Walker?

Ele era de tirar o fôlego, poderoso e, obviamente, totalmente em controle de seu território particular, independentemente de ser tão jovem. Tive vontade de sair correndo, voltar ao meu apartamento, com meu rabinho entre as pernas.

Eu poderia recorrer ao meu "plano B", que era viajar com meu poucos pertences, até um lugar onde pudesse recomeçar... ou será que eu começaria a viver, pela primeira vez? Mas, a quem eu estava querendo enganar? Eu jamais poderia fugir do meu passado.

Quando decidi assumir essa missão ousada, o meu "plano A", eu certamente não estava preparada para *ele*.

Sua voz dominadora me impediu de tomar qualquer atitude.

– O que você quer?

O tom rouco de barítono me surpreendeu e eu levei um instante para responder. – Preciso de um emprego. – Tive dificuldades para não gaguejar, mas consegui. Eu não era o tipo de mulher que se intimidava por alguém com dinheiro, mas não era o fato de Trace Walker ser podre de rico que me atordoava. Era ele. O ar na sala estava visivelmente carregado com sua energia, sua presença, o tom imponente de sua voz.

Jesus, ele era bem assustador para um homem apenas quatro anos mais velho que eu, mas, por outro lado, nós tínhamos pouquíssimo em comum, exceto uma coisa.

- Ah, você é a amiga enviada por Chloe? – ele lentamente se virou na cadeira.

Finalmente, ele estava olhando pra mim e seus olhos verdes escuros, fixos em minha direção, me deixaram apavorada. Seu olhar era intenso, investigador e eu tive a sensação de que essa rápida avaliação me taxou, de alguma forma, como... insuficiente.

- Chloe? – Eu não fazia a menor ideia de quem era a mulher que ele mencionou, mas ele obviamente estava imaginando que eu fosse alguém que eu não era.

- A Chloe é esposa do meu primo. Você não sabia disso? Eu sacudi a cabeça. Eu não sabia quem era Chloe, muito menos com quem ela era casada.

Ele prosseguiu. – Ela me disse que tinha uma amiga em Denver que talvez precisasse de um trabalho temporário, uma mulher que talvez trabalhasse para a função que preciso. Imagino que você seja essa mulher.

Meu pulso disparou. Um *emprego*, o trabalho de que eu tanto precisava e *desesperadamente* queria conseguir. Eu sabia que era errado, mas respondi – Que tipo de trabalho? – minha voz saiu trêmula e eu detestei isso. A covardia nunca fui uma característica minha e não me faria ganhar o trabalho tão almejado. Mas essa situação estava totalmente fora da minha gama de experiências.

- Ela não explicou? – Ele ergueu as sobrancelhas, enquanto ele continuava me encarando.

- Não. – Eu mantive respostas simples. Assim era mais fácil.

Ele me olhou de cima a baixo, observando tudo, desde os meus cabelos, até os buracos nos meus tênis surrados. Aquilo fez com que eu me sentisse uma amostra num microscópio, mas eu me forcei a não me contorcer sob seu olhar sem a menor admiração.

- Você não é como eu esperava – disse ele, cruzando os braços e pousando-os sobre a mesa. – Mas tenho pouco tempo. As festas estão chegando e eu preciso dessa situação resolvida.

Ele era brusco, com uma postura profissional, e eu me sentia um desperdício de seu tempo. Aparentemente, ele precisava de ajuda, mas lamentava ter que perder tempo pra conseguir.

- Sei embrulhar presentes – eu disse, rapidamente. – Sei cozinhar e tenho experiência em limpeza e serviços domésticos. – Ele obviamente precisava de alguém para ajudá-lo durante as festividades. Mesmo sendo uma função temporária, eu precisava do trabalho. – Posso até fazer suas compras pessoais. Diga-me o que precisa e eu vou encontrar.

Um leve sorriso começou a ser formar no rosto dele. – A Chloe realmente não lhe disse nada, não é? Infelizmente, ela também não me falou nada sobre você. Ela só disse que tinha uma amiga que talvez pudesse me ajudar. Qual é o seu nome?

Meu nome todo era de amargar: Evangelina Guadalupe Morales. Eu disse apenas – Eva.

- Não preciso de uma doméstica, nem de uma assistente de compras pessoais. – O sorriso sumiu e seus olhos subitamente se acenderam como labaredas, com uma intensidade que era ligeiramente alarmante. – Eu preciso de uma noiva.

Certo. Pela primeira vez na vida, eu fiquei sem palavras. Levei um tempinho até parar de olhar pra ele, boquiaberta, e me recuperar o suficiente para falar. Só consegui dizer uma palavra. – Por quê?

- Meus motivos são pessoais e a função é temporária. Preciso estar noivo durante as festas. Depois disso, não vou mais precisar de seus serviços. – Ele me lançou um olhar crítico. – Você tem de ser convincente. Uma das primeiras prioridades é um guarda roupa e uma repaginada, se você decidir aceitar a função, sem exigir nada além do que estou disposto a pagar. Você recebe as ordens diretamente de mim e obedece. Ninguém mais sabe a verdade. Entendeu?

Ah, eu entendia perfeitamente. Alguém o magoara e ele queria que essa pessoa pensasse que ele não ligava mais pra ela, que tinha seguido em frente. Dava pra ver que, pra ele, isso não era um acordo de negócios. Ele precisava parecer noivo por uma questão pessoal. Eu não devia fazer isso. Não podia fazer isso. Mas a oferta do dinheiro para simplesmente interpretar um papel, por um breve período, era incrivelmente tentadora. – Qual é o pagamento? – eu disparei a pergunta, antes que pudesse evitar. Uma mulher faminta fica desesperada.

- Cinquenta mil. Vinte e cinco de sinal e a outra metade, quando o trabalho for concluído. – A voz dele tinha um tom profissional e brusco.

Eu engoli com força, pra fazer descer o bolo entalado em minha garganta. – Cinquenta mil dólares? – minha voz saiu esganiçada, provavelmente, pelo choque que eu estava vivenciando. Uma mulher como eu não via essa quantia em dinheiro numa vida inteira. Quem, em juízo perfeito, pagava essa quantidade de dinheiro só pra ficar quites com uma ex-amante?

- Não posso aceitar esse tipo de dinheiro. – Lamentavelmente, eu tinha que declinar. Eu não era amiga de Chloe e ele saberia disso, mais cedo ou mais tarde. Além disso, eu não poderia me aproveitar de alguém que tinha sido magoado tão profundamente, mesmo sendo um Walker. Eu até podia estar faminta, mas minha consciência me faria morrer de fome.

- Quanto? – disse ele, num tom ligeiramente zangado.

Nossos olhos se cruzaram, quando ele disparou a pergunta, fazendo com que eu me sentisse fragilizada, exposta e exatamente como a impostora que eu era. – Eu só queria um emprego – eu respondi, ofegante. –Quero algo estável. Estava torcendo para que eu talvez conseguisse uma vaga em um dos seus resorts. Eu trabalharia duro e tenho alguma experiência em serviços de limpeza.

Não era mentira. Eu tinha mesmo, experiência em limpeza, até perder o emprego, logo depois que eu tinha começado.

Tudo que eu queria era fugir da minha vida passada, trabalhar em um emprego que pudesse me dar uma renda estável e viver tranquila.

Trace olhou pra mim, como se não me compreendesse. Ele franziu as sobrancelhas e vi um músculo se contrair em seu maxilar.

Finalmente, ele disse, numa voz rouca – Você quer um posto no serviço de limpeza?

Eu assenti, lentamente. Eu queria um emprego. Qualquer emprego que fosse efetivo. Trace Walker era dono da maior empresa de resorts do mundo. A Walker Escapes era conhecida por ser luxuosa, sem ser excessivamente cara. Eu tinha sido dispensada de minha última colocação um mês antes. Não conseguia pagar meu aluguel e estava a um passo de ficar sem teto... novamente. Um emprego – qualquer tipo de trabalho que eu fosse capaz de fazer – era o que eu desesperadamente buscava. Eu havia abordado Trace Walker por um motivo, mas não por querer ser sua noiva temporária.

Ele ficou me olhando cautelosamente, antes de responder.

– Eu poderia mandá-la para qualquer lugar do mundo. Tenho resorts por toda parte.

- Eu sei. Não me importa. Só preciso de trabalho, Sr. Walker. Por favor. – A súplica em minha voz me incomodou, mas eu estava numa posição além do orgulho, procurando sobreviver. Meu futuro dependia do desfecho desse encontro.

- Não tem família? – Seus olhos me observavam, em busca de qualquer reação.

- Ninguém. – Eu estava dizendo a verdade. Se tivesse algum familiar, eu não estaria ali.

Quanto mais ele demorava, em silêncio, mais nervosa eu ficava. Minha respiração começou a ficar ofegante e meu peito arfava de um jeito que eu achei que teria um troço.

Trace recostou em sua cadeira e passou a mão nos cabelos. – Eu posso lhe arranjar um emprego. Contanto que você seja uma boa funcionária, terá estabilidade em um dos meus resorts. Se você me ajudar, eu ajudo você. Metade do dinheiro agora, depois eu lhe transfiro para onde eu tiver uma vaga, após o término do trabalho.

Eu teria estabilidade? Isso era algo que eu nunca tivera. Em todo emprego – na verdade, a cada momento – eu vivia preocupada. Mesmo quando tinha uma colocação, eu estava sempre desesperada, temendo que alguém descobrisse o meu passado. Estabilidade? Eu não conhecia o significado dessa palavra.

Eu estava tentada, muito tentada. Eu teria dinheiro no banco, sem temer estourar a minha conta bancária. Eu poderia comer, respirar. No entanto, eu não podia aceitar o negócio. – Não sou amiga de Chloe – eu admiti, baixinho, triste. Minhas esperanças tinham se elevado e agora murcharam. Eu não podia mentir pra ele. Eu queria essa proteção de ter um emprego estável, mas isso não seria possível, se ele não soubesse a verdade.

Um sorrisinho se abriu em seu rosto. – Eu sei. Ainda bem que você mesma admitiu. Pelo menos, você é honesta.

Trace sacudiu os ombros. - Chloe me disse, sim, que sua amiga era uma assistente executiva que talvez pudesse me ajudar durante as festas. Acho que ela não precisa de um emprego fixo. Ela só queria um dinheiro extra. – Ele parou, antes de acrescentar – eu tenho que admitir que você tem muita coragem de me abordar diretamente. Se eu soubesse que você estava procurando outro emprego, você teria sido enviada ao departamento de recursos humanos. Eu achei que você fosse amiga de Chloe.

Chloe, quem quer que fosse, provavelmente não andava com mulheres como eu. – Tenho certeza de que eu não pareço amiga dela.

- Não, você não parece. Ela jamais veria uma amiga em desespero, deixando de ajudá-la. Chloe é uma ex-Colter.

Olhei pra ele surpresa. – A Família Colter, do Colorado? Família do Senador Colter? – Eu não era muito de acompanhar as notícias, mas provavelmente não havia uma única pessoa no Colorado que desconhecesse o clã abastado dos Colter. – Eu certamente não seria amiga de uma bilionária – eu disse, baixinho. Eu podia até viver no mesmo estado da Família Colter, mas estava a um mundo de distância de gente como eles.

- Você vai aceitar a minha oferta? – a voz de Trace estava voltando ao tom profissional.

Parei por um instante. Embora eu estivesse desesperadamente precisando do dinheiro, eu realmente deveria contar tudo a ele, mas a ideia daquela estabilidade ilusória me impediu. A vontade dominou o meu bom senso. Agora, o que importava? Eu tinha conseguido o que viera buscar. Se chegasse o momento em que eu tivesse de contar tudo a ele, pelo menos, eu já teria feito um trabalho pelo qual teria sido paga. Fiz uma promessa silenciosa de não decepcioná-lo. – Farei o que você quer, se me prometer depois me mandar para um emprego de período integral. Talvez eu precise de ajuda para escolher umas roupas melhores, para ser convincente como seu interesse amoroso. – Eu não tinha a menor ideia do que gente rica estava vestindo atualmente.

Dava vontade de cair na gargalhada, só em pensar ter alguma importância para esse homem incrivelmente atraente e absurdamente rico.

Uma rata mestiça de rua, com um histórico como o meu? Sem chance!

- Você vai precisar de mais coisas, além de roupa – ele comentou. – E vai aceitar todo o dinheiro que eu ofereci e o emprego. – Você irá precisar para começar em sua nova função.

Seu tom mandão me deu calafrios na espinha. Infelizmente, ele estava certo. Eu teria que encontrar um novo lugar para morar e assumir os custos de viagem. – Metade de entrada e o emprego. – Eu concordaria.

- Tudo – ele exigiu com teimosia, quase zangado.

Olhar pra ele era perigoso, mas eu cruzei seu olhar dominador com igual determinação – pelo bem que aquilo me fazia. Ele não ia ceder. O pulsar teimoso do músculo em seu maxilar me dizia que ele não arredaria pé.

Eu não queria discutir e correr o risco de perder a minha oportunidade.

Suspirei. – Tudo bem. – Concordando, eu poderia pegar o que precisava e depois voltar, se o trabalho desse certo. – Isso é tão importante pra você?

Ele assentiu bruscamente, lançando um cacho rebelde sobre a testa.

– Muito.

- Pode pelo menos me dizer por quê?

- Está com fome? – Trace ignorou a pergunta.

Minha barriga roncou, como se tivesse sido programada.

– Estou faminta. – Decidi que ser honesta sobre quase tudo facilitaria as coisas com esse homem. Ele até podia ser incrivelmente gato, mas era todo profissional. Ele também parecia gostar de honestidade.

- Vou levá-la para comer alguma coisa. Nós podemos conversar. – Ele rapidamente fechou o computador e levantou. Fiquei sem ar ao observar sua altura, sua força e o porte largo e masculino que caía tão bem em seu terno sob medida.

O que eu estava pensando? Eu jamais poderia me fazer passar por noiva de um homem como ele.

- Acho que isso não é uma boa ideia. – Eu levantei, mas meus pés pareceram fincar no chão.

- Nós dois precisamos comer. Eu quero comer – insistiu ele.

– Há quanto tempo você não come?

- Quatro dias, cinco horas e uns dez minutos – eu respondi, automaticamente, porque, naquele momento, eu estava sentindo cada momento da privação de alimento.

- Está falando sério? – A pergunta dele saiu num tom resmungado e insatisfeito.

- Totalmente.

- Vamos – ele respondeu subitamente, contornando a escrivaninha e segurando levemente em meu braço. – Nossa, como você é magrinha, parece mal ter saído do Ensino Médio. Quantos anos você tem?

Eu funguei. – Tenho vinte e três anos, não é exatamente a idade do Ensino Médio.

- Você parece menor de idade - Trace respondeu em tom áspero.

- Posso lhe mostrar meu documento. – Eu sabia que parecia jovem, com o cabelo preso, sem maquiagem. Cortes de cabelo e maquiagem eram luxos que eu não podia pagar.

- Não precisa. Eu acredito em você. Mas você vai mudar de visual. – Ele delicadamente me conduziu até a porta.

Eu sacudi os ombros. Não ligava para o que tivesse que fazer para interpretar o meu papel. Eu só queria o emprego prometido.

– Tudo bem.

Deixei que ele me levasse até a porta, notando, aliviada, que a Senhorita Perfeição tinha sumido, provavelmente teria terminado o expediente.

- Você vai comer – ele disse, mandão.

Minha primeira reação foi me rebelar, porque ele estava me dando ordens, mas me calei. Agora, ele era o meu chefe, portanto, por um tempo, eu tinha que fazer o que ele queria. Quando minha barriga roncou, eu soube que não teria problemas com essa ordem em particular.

CAPÍTULO 2

Eva

—*E*sse lugar é uma espelunca – resmungou Trace, enquanto atacava a montanha de comida mexicana transbordando do prato de papel decorado. Só parei de comer pra olhar pra ele. Eu tinha praticamente pulado no meu burrito, quando foi colocado em minha frente e, desde então, não tinha parado de comer. Olhando ao redor, vendo as paredes extravagantes do pequeno restaurante, eu tinha de admitir que Trace Walker se destacava como uma bandeira vermelha. Ele tinha me perguntado onde eu queria comer e eu indicara o caminho de volta até meu bairro, uma área onde não tinha os melhores restaurantes e ficava localizada numa das regiões de maior criminalidade da cidade. Não pude evitar sorrir, ao olhar o homem deslumbrante à minha frente, com seu terno de alfaiate, sentado numa mesa frágil, coberta por uma toalha plástica surrada.

Ele não combinava com esse lugar.

- É a melhor comida mexicana da cidade. – O restaurante era de uma família e a comida era fantástica. O que importava se não tinha louça fina, ou móveis elegantes?

Fiquei observando, quando ele praticamente inalou o prato do dia, com uma expressão satisfeita no rosto.

Ele assentiu. – É bom. Como encontrou esse lugar?

Dei de ombros. – Moro virando a esquina.

Trace franziu o rosto, pousando o garfo no prato quase vazio. – Nesse bairro? É perigoso, principalmente à noite.

Eu não saberia a diferença entre um bom bairro e um ruim. Aqui era meu lar. – Não é tão ruim assim. – Eu sabia que parecia na defensiva, mas não gostei de sua arrogância em relação ao bairro onde eu havia morado durante anos.

- Você vai pra casa comigo. Seu emprego começa agora. – Ele me lançou um olhar que dizia que ele não mudaria de ideia.

Dei um suspiro. – Melhor eu ir, mesmo. Estou sendo despejada, de qualquer jeito. – Minha situação estava difícil e eu não gostava de contar a um homem como Trace Walker sobre as minhas derrotas, mas essa era a verdade.

Sua expressão estava enevoada, quando ele pegou o garfo e voltou a comer. – Vou ligar para uma empresa de mudanças para pegar suas coisas.

- Não precisa. Posso passar por lá e pegar tudo. Não tenho muito. – Eu estava até exagerando, mas tentei falar descontraidamente. Tudo que eu tinha cabia numa mochila. Eu vivia numa quitinete com poucos móveis que eu tinha conseguido de graça. Minhas roupas cabiam na minha mochila surrada.

- Jesus! Quem cuida de você, Eva? Onde estão seus pais? Há quanto tempo está sozinha?

- Ninguém cuida de mim. Eu sou uma adulta e estou sozinha desde os dezessete anos. Meu pai era um trabalhador rural mexicano que morreu quanto eu tinha quatorze anos e minha mãe se casou novamente e foi embora quando eu tinha dezessete. Agora ela está morta.

Eu não queria pensar nos meus pais, na minha família. Ainda sentia falta do meu pai, embora ele já tivesse partido há quase uma década. Com a minha mãe, a história era diferente. Eu a detestava e o sentimento era mútuo, antes de sua morte.

Tive motivos de sobra para guardar rancor e raiva de minha mãe. Fazer com que eu e meu pai nos sentíssemos como a terra embaixo de seus sapatos era um deles.

Trace pousou o garfo no prato agora vazio. – Então, você é mexicana?

- Meio – eu corrigi. – Minha mãe era caucasiana, americana. Eu nasci aqui.

Para ser honesta, nós tínhamos viajado um bocado dentro dos EUA, até que meu pai morreu. Ele ia para onde havia trabalho nas fazendas e minha mãe e eu íamos com ele. Minha mãe estava sempre reclamando da vida mirrada que meu pai provia, mas ele trabalhava no campo longas horas, arduamente, para nos dar de comer.

Às vezes, eu ficava me perguntando por que minha mãe tinha se casado com meu pai. Eu havia passado a infância ouvindo-a criticá-lo por nossa pobreza. Apesar disso, meu pai nunca deixou de tentar agradá-la.

Infelizmente, ele nunca a fez feliz, mesmo ao morrer tentando manter nossa família intacta. Ela era amargurada, pois minha existência a manteve presa no mesmo lugar, até o dia em que partiu em busca de outra vida, me abandonando – assim como a todas aquelas lembranças aparentemente ruins.

Meu pai me amava; minha mãe me detestava.

Talvez eu já tivesse me conscientizado de não ser responsável pela infelicidade de minha mãe. Mas, de vez em quando, suas palavras amargas ainda me assombravam.

- Por que você foi deixada sozinha, quando sua mãe se casou novamente?

A pergunta de Trace me deixou constrangida. – Eu estava adulta, tinha me formando no Ensino Médio. As obrigações dela comigo já haviam terminado.

Os olhos de Trace ganharam uma expressão gélida. – Uma garota de dezessete anos, morando aqui, ainda não está apta a viver sua própria vida.

Pelo visto, minha mãe pensava diferente. Ela só me deixou com contas a vencer e um aviso de despejo.

Olhei para o homem que estava me defendendo e toda a raiva indevida que eu guardava pelos Walker sumiu. O que acontecera nada tinha a ver com a família Walker e tudo a ver com apenas uma pessoa: minha mãe.

- Eu sobrevivi. Não importa. – Ninguém nunca se importou comigo o suficiente para realmente se zangar por minha vida ter sido difícil. Mas, por algum motivo, eu não queria a piedade de Trace.

- Por um fio - Trace resmungou, ao levantar. – Vamos dar o fora daqui.

Enfiei o restante do meu burrito na boca, enquanto o observava pagando a conta, dando uma gorjeta generosa à garçonete, com um sorriso carismático.

Deus, como ele era charmoso, quando não estava resmungando. Fiquei olhando quando ele cumprimentou a garçonete hispânica com seu espanhol fluente, dizendo o quanto tinha gostado da comida. Não me surpreendeu que ele soubesse falar um idioma estrangeiro com tanta perfeição. Ele parecia o tipo de cara que fazia tudo bem feito.

Olhando para o seu prato vazio, à minha frente, ele provavelmente estava dizendo a verdade quando a gostar da comida, embora obviamente não estivesse impressionado pelo ambiente.

Seus olhos desviaram de volta pra mim, enquanto eu ainda mastigava o restinho do meu burrito. Eu estava satisfeita, mas, nem morta eu deixaria sequer uma garfada no prato. Quando uma pessoa não sabe quando irá comer novamente, deixar comida é quase um crime. Engoli com força, e seus olhos verdes pareciam me impelir a me mexer. Trace estendeu a mão e eu hesitei, por um instante, antes de estender a minha e segurar a mão dele. Eu estava de pé com um único puxão de seu braço forte e rijo.

Minha respiração travou com a sensação da palma de sua mão encostada à minha, lançando ondas de desejo pelo meu corpo. Há quanto tempo eu tivera a intimidade de um simples toque? Quanto tempo fazia desde que alguém me olhara com uma atenção tão focada?

Fiquei ao mesmo tempo aliviada e decepcionada, quando ele desviou o olhar e foi delicadamente me puxando em direção à porta.

Quando estávamos de volta em seu carro preto esportivo, eu lhe dei as direções do caminho da minha casa, e me encolhi de vergonha, ao subir na frente, pelos degraus que rangiam, da escada que levava ao meu apartamento, no segundo andar. Ele não disse nada, enquanto eu juntei minha roupa e deixei a chave em cima da pequena pia da cozinha.

- Depois eu acerto com o senhorio – ele comentou, com o braço apoiado ao portal, esperando.

- Você está me pagando. Eu cuido disso. – Falei num tom defensivo, mas não pude evitar. Não queria que ele lidasse com o proprietário ou com nenhuma das minhas responsabilidades.

- Agora você está em sua função. Eu não disse que você seguiria as minhas ordens? – seu tom era rouco e firme.

- Não quando se trata da minha vida pessoal. – Eu estava começando a ficar irritada.

- Esse emprego é pessoal.

Pendurei minha mochila no ombro e o encarei. – Olhe, eu quero esse emprego. Preciso desse emprego. Mas você mesmo disse que isso era estritamente profissional. Com exceção ao emprego e o pagamento, você não tem direito algum de interferir na minha vida. Ensine o que quiser que eu saiba, como eu devo agir, como quer minha aparência, e eu o farei. Mas controlar o restante da minha vida não faz parte do acordo.

- E se eu achar que você precisa de alguém para conduzir a sua vida? – A pergunta foi num tom rabugento. – Até agora, parece que você não se saiu tão bem fazendo isso sozinha.

A raiva minou, quando eu pensei em cada emprego nojento e difícil que tive, em minha curta vida profissional. Eu havia sobrevivido da maneira que pude. – Que diabos você sabe a respeito de sobrevivência? – Eu disparei. – Até parece que você realmente entende como é ser uma mulher como eu, não? Eu me matei de trabalhar desde que tive idade suficiente para ter um emprego. Você acha que eu quero ser assim? Acha que quero implorar um emprego pra ter comida? – Respirei fundo, trêmula, tentando controlar minha ira. – Sem dúvida, você recebeu tudo que precisava na mão, frequentou uma faculdade da Ivy League. Tenho certeza de que você começou pelo menos com alguns dólares de seus bilhões, o que deve ter sido um começo bem difícil pra você. – Fui aumentando o tom da voz repleta de sarcasmo. – Tenho certeza de que você nunca imaginou que talvez estivesse melhor morto do que tentando sobreviver.

Eu já tinha passado por isso em tantas ocasiões que nem me lembrava de quantas vezes eu pensara que nenhuma alma viva sentiria minha falta se eu não existisse mais.

Trace foi tão veloz que eu nem o vi chegando. Ele me agarrou pelos ombros e jogou minha mochila no chão, rapidamente me prendendo junto à parede, ao lado da porta. – Você já pensou isso, Eva?

Eu não disse nada. Ainda estava atordoada pelo choque de seus movimentos velozes.

- Me fala, droga. Você já pensou isso?

Seus olhos pareciam jade líquido, fixos nos meus. Ofegante e quase sem ar, eu o encarava desafiadora, e subitamente, contive o choro num engasgo exausto. Eu estava cansada, muito cansada de me matar só pra continuar viva, mas a sobrevivente em mim nunca deixava de lutar.

Ele atracou um punhado dos meus cachos escuros; meu cabelo tinha se soltado em nosso conflito. – Você pensou – ele concluiu, diante da minha ausência de resposta. – Nunca mais pense assim. Nunca. Não gosto de ouvi-la falando assim.

Uma única lágrima escapou do meu olho, quando eu respondi. – Desculpe, Sr. Walker, mas nem tudo se revolve ao redor do que você gosta ou quer. A vida é dura e é assim que é.

Eu havia aprendido que mesmo se fosse possível sobreviver, a felicidade podia ser ilusória e evasiva. Quando meu pai estava vivo, eu fui feliz nos momentos raros que tivemos juntos, só nós dois. Eu tive um gostinho da felicidade. Fora isso, tive poucas experiências de alegria.

- Nunca deveria ter sido difícil assim, pra você, Eva. Você está certa, eu nasci privilegiado, mas o contentamento pode ser igualmente difícil, para todo mundo. A vida é difícil, independentemente de quanto dinheiro você tenha. – Trace falava com uma voz equilibrada, enquanto continuava me olhando, mas a raiva ainda estava presente. – Os problemas são apenas diferentes.

Pensei nas palavras dele por um instante, ao baixar a cabeça, ofegante junto ao seu peito, imaginando se não havia um pouco de verdade no que ele dizia. Era verdade, ele não tinha que lutar pelo dinheiro, mas Trace Walker estava longe de ser feliz. Por baixo da raiva, dava pra sentir sua dor. Talvez ele estivesse certo. Talvez a vida não fosse perfeita só porque ele tinha comida pra comer, veículos incríveis pra dirigir e roupas de alfaiate pra vestir. Ainda assim, ele nunca esteve no meu lugar, nunca andou com meus sapatos surrados e eu nunca andei com seus mocassins sob medida.

- Vamos fazer uma trégua – eu disse, sem ar. – Somos de dois mundos diferentes. Jamais entenderemos um ao outro.

Eu precisava sair de seu cerco. Estava começando a ficar inebriada com seu cheiro masculino e hipnotizada por seu olhar voraz. Ele era grande, poderoso, e eu tinha de inclinar minha cabeça pra trás para olhar em seu rosto.

Ele recuou ligeiramente, só para pousar uma das mãos em cada lado do meu rosto, antes de dizer, com a voz rouca – Acho que nós podemos nos comunicar perfeitamente.

Abri a boca para pedir que ele me soltasse, mas ele foi rápido demais, tomando a minha boca num encontro que me deixou impotente e atordoada.

Ele inclinou minha cabeça para ter mais acesso à minha boca, mergulhando a língua, exigindo mais.

Mais. Mais. Mais.

Meu coração deu uma cambalhota, quando enlacei seu pescoço em meus braços, meu corpo ganhando vida enquanto ele se pressionava mais junto a mim, aprofundava o beijo, de um jeito ardente e inebriante. Senti que estava me afogando em seu cheiro, seu gosto, querendo estar mais perto, senti-lo invadir meus sentidos ainda mais.

Ele recuou bruscamente e xingou. – Porra! Eu não deveria ter feito isso.

Trace parecia ainda mais zangado que eu. Ele pousou a testa em meu ombro, respirando ofegante. Meu coração ainda estava disparado, quando percebi que ele estava com uma das mãos no meu traseiro, me segurando junto a ele, e o outro braço em volta das minhas costas.

Ele não se mexia para me soltar e eu não tentei me afastar. Eu saboreava a sensação, o meu corpo tão apertado junto ao seu porte grande. Ao puxar o ar, eu deixei que seu cheiro fluísse sobre mim, como um bálsamo calmante para minha alma.

Finalmente, eu perguntei – Por que você fez isso?

- Porque não consegui me controlar. Droga! – Ele recuou e me soltou. – Eu nunca perco o controle. Jamais.

Por baixo daquela raiva, ele parecia irritado, ligeiramente confuso.

Eu nunca tinha sido objeto de desejo de nenhum homem e isso era meio extasiante. Mesmo assim, não dava pra imaginar o que ele via em mim. Trace provavelmente tinha a maior parte da população feminina à sua disposição. Por que ele perderia seu tempo comigo, se poderia ficar com uma super modelo?

- Sexo não faz parte do acordo – eu disse a ele, trêmula, embora parte de mim desejava que fosse. Mas, por muitos motivos, isso seria errado. Gostando ou não, pra mim, isso teria que permanecer profissional. Qualquer coisa além disso seria um desastre e eu já tivera minha cota de sonhos destruídos e esperanças perdidas.

Frustrado, ele passou a mão no cabelo e respondeu – Eu sei disso. Não estou à procura de uma porcaria de uma prostituta.

Eu me retraí como se ele tivesse me agredido fisicamente. – Eu nunca fiz... isso.

Ele me olhava fixamente, me devorando.

- Eu sei disso. – A voz de Trace saiu falhada e ligeiramente sofrida. – Eu não contrataria uma piranha para ser minha noiva. Por melhor que ela interpretasse o papel, meus irmãos perceberiam a verdade. Como eu disse, eu preciso de alguém convincente.

- Tenho um papel a interpretar, mas não vou dormir com você. – Ah, mas bem que eu queria. Se isso era só um gostinho de Trace, eu queria o banquete. Infelizmente, eu não poderia me regalar. Com ele, não.

Um sorriso presunçoso surgiu nos lábios dele. – Certo. Mas eu ainda vou tentar fazer com que você me queira. Eu garanto.

Eu já queria. Era fisicamente impossível impedir que meu corpo reagisse a um homem como ele.

Eu coloquei as mãos nos quadris. – Por quê?

- Porque eu quero você, Eva. Quero meu pau mergulhando tão fundo em você que nem se lembrará de seu nome e vai me implorar para te fazer gozar. – Seu tom era casual, mas seus olhos ainda ardiam em fogo verde.

Fechei os olhos com força, sem querer visualizar esse cenário. O esforço foi inútil. – Não vai acontecer. – Abri novamente os olhos.

- Vamos ver. – Trace ainda estava sorrindo, com uma expressão presunçosa.

- *Besa mi culo.* – O insulto em espanhol, mandando que ele beijasse a minha bunda, escapou dos meus lábios, antes que eu pudesse evitar.

- Mostra que eu beijo mais que apenas a sua bunda linda – prometeu ele, num tom perigoso.

Droga! Eu nem podia xingá-lo em espanhol porque ele entenderia cada palavra.

Lembrando de sua pegada forte segurando as minhas nádegas, eu corei ao sentir uma contração, como se meu corpo implorasse para deixar que ele me possuísse. Ele tinha ficado excitado, com o pau forçando a calça do terno impecável.

- Sem chance. – Tentei transmitir firmeza, mas aos meus ouvidos, eu era ainda menos convincente do que da última vez que dissera essas mesmas palavras. A verdade era que eu não tinha certeza do que faria se ele realmente forçasse os meus limites.

Ainda bem que não precisei descobrir.

Ele colocou minha mochila no ombro com facilidade, erguendo o peso que quase me fizera curvar.

Trace não disse mais nenhuma palavra ao me levar porta afora, saindo do apartamento.

- Você tem outra chave? – Ele me deu uma olhada interrogativa.

Procurei no bolso com zíper da mochila e tirei uma chave extra para trancar a porta do apartamento, depois coloquei no bolso traseiro do meu jeans.

- Vou me divertir pegando essa chave, para depois falar com seu senhorio – disse Trace, com um sorriso na voz.

Eu automaticamente enfiei novamente a mão no bolso, tirei a chave e joguei por baixo da porta. – Não vai, não. – Dei um sorrisinho pretensioso pra ele.

Ele sacudiu os ombros. – Isso não vai me deter. Mas matou a diversão.

O olhar de Trace era provocador e eu tinha dificuldades em resistir ao seu rosto sorridente. Tive a sensação de que ele não sorria com frequência. – Se fizer isso, eu vou me demitir.

- Não vai, não. – A certeza em sua voz era irritante.

Neca. Provavelmente, não vou mesmo. Agora que meu apartamento já era, eu precisava de um emprego para sobreviver. Simplesmente ergui o nariz e revirei os olhos para ele. Saí pisando firme, descendo pela escada decrépita.

Ele vinha logo atrás de mim. – Seu temperamento latino é bem quente. – Ele disse, numa voz áspera.

Empinei mais o nariz e bufei. – Você ainda nem viu como eu pego fogo. – Eu não era de perder a paciência com frequência. Não podia me deixar levar quando quisesse. Mas quando eu realmente me zangava, eu ficava bem pior do que ele acabara de ver.

Eu deveria ter esperado sua resposta; deveria saber que ele aproveitaria a chance para dar um tom sexual ao meu comentário. Minhas palavras teriam de ser monitoradas com mais atenção, quando eu estivesse com ele.

- Mal posso esperar – ele falou, suavemente.

Como eu não tinha resposta, desci rapidamente a escada e ouvi o som da risada de Trace, logo atrás de mim.

Cretino!

Parte de mim gostava dessa provocação, da tensão sexual que fluía forte entre nós. Mas eu não poderia deixar que isso continuasse. Eu sabia de algo que ele ignorava, algo que automaticamente cessaria essa parte de nosso relacionamento, que nenhum de nós dois parecia conseguir controlar.

Ele tem o direito de saber.

Girei pra trás, no pé da escada, quase colidindo com Trace, quando ele chegou ao último degrau.

- Não podemos fazer isso. – Minha voz estava determinada e triste.

- Eu me sinto atraído por você, Eva – ele respondeu, com sinceridade.

- Não deveria.

- Por que não? Você é uma mulher atraente.

Respirei fundo, sem conseguir olhar nos olhos dele. Olhei para a parede suja, com a tinta branca descascando, atrás dele.

– Hoje eu fui vê-lo para lhe pedir um favor. Estava desesperada. Você não me conhece, mas eu sei de você. Minha mãe me abandonou para se casar com seu pai. Embora eu nunca mais a tenha visto e nós não nos conheçamos, ainda somos parentes, pelo casamento. Tecnicamente, você é meu meio-irmão.

CAPÍTULO 3

Trace

Desde o momento em que pousei os olhos nela, eu deveria saber que Eva Morales seria um problema. Não, minto... na verdade, seu nome é Evangelina Guadalupe Morales, algo que descobri nos papéis que assinei para o seu senhorio.

Ela ficou bem zangada quando descobriu que eu havia acertado o aluguel e, pelo que eu sabia, *ainda* estava zangada. Eu estava sentado em meu escritório de casa, fazendo uma pesquisa depois de ela ter saído como um raio na direção de seu quarto, com o nariz empinado e soltando fumaça, cerca de uma hora mais cedo.

Eu já havia admitido para mim mesmo que gostava de deixá-la zangada só para observar suas reações inflamadas. Mas isso era infernal para o meu pau. Talvez fosse até doentio, mas quanto mais raiva ela tinha, mais eu queria dominá-la, usar essa sua impetuosidade de uma maneira bem melhor e muito mais satisfatória para nós dois.

Eu dava a mínima por ela estar zangada?

Não.

Eu já tinha me acostumado a ter o que queria e, por algum motivo, precisava cuidar dela e não era por alguma ligação tola que nós tínhamos, por sua mãe supostamente ter se casado com meu pai. Alguém certamente tinha que ajudar a vida de Eva e eu já decidira que essa pessoa seria eu. Meu desejo de deixá-la protegida e feliz estava bem longe de ser um desejo de irmão; era um desejo bem mais primitivo, algo que revolvia por dentro e nem eu mesmo entendia.

Eu não conseguia identificar o que me atraía nela, mas meu pau tinha ficado duro desde o instante em que olhei pra ela e, desde então, continuava assim. Ela demonstrava uma fachada forte, mas eu consegui notar seu desconforto ontem em meu escritório, sentira sua vulnerabilidade. O desejo de arrancar-lhe a roupa e encostá-la à parede, prendê-la sobre a minha mesa, ou qualquer outro lugar, me ocorreu quase que instantaneamente. Porém, por mais que eu quisesse transar com ela, minha intuição também insistia para que eu... a protegesse.

Esses dois desejos profundos guerreavam dentro de mim, embora eu não soubesse qual dos dois viria a ganhar.

O fato de que ela era tecnicamente minha meia-irmã não diminuiu o desejo de transar com ela, até fazê-la gritar meu nome gozando. Talvez isso demonstrasse que eu era um escroto, mas eu não estava nem aí.

Nós não tínhamos a menor ligação de sangue e eu nem sabia que minha madrasta já tinha uma filha. Mas também, quem de nós sabia algo sobre Karen? Ela tinha morrido quase que instantaneamente, junto com meu pai, depois do casamento deles. O jatinho particular transportando meu irmão Dane, meu pai e sua nova esposa – a mãe de Eva – tinha caído. Dane, meu irmão mais novo, tinha sido o único sobrevivente.

Dane havia sobrevivido por um fio e minha preocupação com ele era o único motivo para que eu tivesse que, ou melhor, precisasse ter uma mulher com quem estivesse comprometido, até o Natal. Meu irmão caçula ainda estava fortemente marcado, por dentro e por fora, pelo acidente quase fatal, e eu faria tudo para evitar que ele perdesse a estribeiras.

O som do telefone tocando em minha mesa me arrancou dos meus pensamentos e meus olhos desviaram ao bina. *Sebastian.*

O cretino não me ligava há mais de um mês, provavelmente evitando o sermão que ele sabia que ouviria, se telefonasse. Meu irmão do meio estava ficando arredio, andando com um monte de babacas. Depois do acidente que matou nosso pai, eu tentei lhe dar um tempo para encontrar seu próprio caminho, porém, embora já tivessem passado alguns anos desde que terminara a faculdade, ele parecia não ter qualquer referência moral.

Arranquei o fone do gancho, impacientemente. – Em que porra de buraco você se meteu?

- Porra, eu também senti sua falta, bro - Sebastian respondeu, sarcástico.

Droga! Dava pra notar que ele estava bêbado ou doidão e nem dava pra conversar com ele. – Trabalhando. Algo que você não parece inclinado a fazer. – Minha voz estava falhada e enfurecida.

Eu estava injuriado e farto de poupar Sebastian. Ele tinha que tomar vergonha e crescer.

- Por que eu deveria, se tenho um irmão perfeito e responsável, que tem tudo sob controle? Porra, você é que nem Deus, bro. Não é preciso ter dois na família. – A voz de Sebastian estava ligeiramente arrastada e pontuada de sarcasmo hostil.

Sebastian não era sempre assim, mas os momentos em que ele parecia inclinado a me irritar vinham se tornando cada vez mais frequentes. Quando você vai pegar o voo e vir pra cá, para as festas? Dane estará aqui antes do Natal. – Eu não gostava de discutir com ele, quando ele estava assim. Era inútil.

Meu irmão pareceu ficar ligeiramente sóbrio. – Estarei aí provavelmente na mesma época. Faz tempo que não vejo o Dane.

Afrouxei a mão que segurava firme na escrivaninha e lembrei-me da época em que nós três éramos bem próximos. Depois do acidente, as coisas nunca mais foram as mesmas. Dane ficou profundamente diferente, Sebastian se afastou de todos da família e eu me tornei um chato, porque tinha que tocar o negócio do meu pai, algo para o qual eu não estava preparado, com tão pouca idade.

- Você vai trazer alguém? – eu tinha que organizar as acomodações, mas estava mais curioso para saber se Sebastian tinha algum envolvimento sério com alguma mulher. Levando em conta a galera com quem ele estava andando, eu torcia para que não.

- Não. Estou indo sozinho. – Sebastian parou por um instante, antes de perguntar – E você? Arranjou alguma mulher que ature sua chatice por mais de uma hora?

Se fosse há pouco tempo, eu teria contado tudo a Sebastian. Agora, eu não confiava nele. Ultimamente, ele estava inconstante e a última coisa que eu precisava era que Dane descobrisse a verdade. – Pra dizer a verdade, arranjei. Pode me dar os parabéns. Acabo de ficar noivo.

Fiquei esperando, enquanto a linha permanecia em silêncio, sabendo que Sebastian ainda estava ali, mas não dizia nada.

Ele finalmente respondeu. – Você ficou noivo? E não disse nada? Eu nem sabia que você estava saindo com alguém.

Porra! Agora eu estava me sentindo culpado, pois havia um tom de mágoa na voz do meu irmão. Isso fez com que eu me sentisse um completo babaca, mas havia mais em jogo que os sentimentos de Sebastian.

Não posso contar pra ele. Ele é imprevisível demais.

- É um relacionamento que mais parece um tufão. Você vai gostar dela – eu disse, meio sem jeito, sabendo que era um mentiroso de merda, quando se tratava de inventar algo para os meus irmãos. A maioria das pessoas não me conhecia além da minha postura profissional. Droga, eu mesmo, já nem me conhecia mais.

- Como ela é? Onde a conheceu? Eu a conheço? - Sebastian estava ficando sóbrio rapidamente.

- Ela é legal. E não, você não a conhece. – Eu respondi rapidamente, torcendo para que ele mudasse de assunto.
- Qual é o nome dela? – Sebastian persistiu.
- Eva. – Decidi manter as coisas simples. Ele logo a conheceria e eu me sentia constrangido em falar sobre ela.

Fazia diferença que Eva fosse tecnicamente meia-irmã de todos eles? Será que eles deveriam saber a verdade? Eu não via motivo pra isso. Eles nunca souberam e nunca a conheceram. Ela não era do nosso sangue, portanto, não havia estrago em manter nosso flerte em segredo. Merda, eu ainda nem tinha verificado a alegação dela, mas já estava elaborando em cima disso. Mas eu sabia que mesmo quando tivesse provas de que ela era nossa meia-irmã, eu não contaria a eles. Dane jamais poderia saber a verdade.

- Você a ama? – perguntou Sebastian, parecendo intrigado.

Jesus Cristo! Eu detestava ter que mentir pra ele, embora já fizesse um bom tempo que ele vinha sendo um babaca. – Sim.
– A resposta escapou facilmente da minha boca, completando a mentira, com uma única palavra.

- Porra, ela deve ser gostosa.
- Ela é inteligente, bondosa e honesta. – Eu disse essas palavras sem sequer pensar, sabendo que era verdade. Eva era tudo que muitas mulheres de nosso círculo não eram. Talvez por isso, eu tivesse esse instinto de querer transar e protegê-la, ao mesmo tempo.
- Notei que você não disse que ela é gostosa - Sebastian murmurou.
- Toque nela e eu juro que te ponho no hospital – eu rugi, sem conseguir impedir as visões de Sebastian sendo inconveniente com Eva.
- Puta merda, bro. Acho que você está realmente apaixonado. E ela deve ser linda. Posso ser um nojento, mas você sabe que eu jamais tocaria na mulher de outro homem, principalmente do meu irmão. – Havia um tom de raiva na voz de Sebastian.

É, eu sabia disso. Sebastian tinha bons motivos para ficar irritado com esse assunto. – Eu sei. – *Mas quando você está embriagado, você é uma pessoa diferente do irmão que eu conhecia e em quem confiava.* Eu pensei, mas não disse.

- O Dane vai levar a Britney?

Cheguei a me retrair ao mencionar o nome dela, não porque ela ainda significasse algo pra mim, mas porque Dane traria a mulher de quem um dia eu havia gostado. Nenhum dos meus irmãos sabia que eu já fora íntimo de Britney – no sentido bíblico, ou por que ela agora estava fingindo estar loucamente apaixonada por Dane. Eu sabia que ela não amava meu irmão, pois não era capaz de amar. Britney era uma aproveitadora, uma manipuladora.

- Ele vai trazê-la – eu disse, secamente.

- Aquela sim, é uma mulher gostosa - Sebastian assoviou, em elogio.

Britney era bonita, porém, pra mim, agora era tão atraente quanto uma cobra venenosa. – Talvez, por fora.

- Você está com ciúmes? – A voz de Sebastian soava mais interrogativa que provocadora.

- Não. Mas não acredito que ela esteja com Dane pelos motivos certos. – Eu queria que Sebastian visse a verdade sozinho, sem que eu tivesse que dizer.

- Acha que ela só está curtindo com ele? Que só quer seu dinheiro? – A voz de Sebastian agora estava bem mais clara e ligeiramente hesitante.

- Acho que nós vamos acabar descobrindo isso – Eu disse, num tom reservado. – Mas não confio nela.

- Sabe de algo que eu não sei, Trace?

- Não. É só intuição – eu menti.

- A última coisa que Dane precisa é de mais sofrimento – Sebastian resmungou. – Mas faz sentido. Dane está todo marcado e será preciso uma boa mulher pra ver além disso e enxergar quem ele realmente é.

Eu queria que Sebastian não estivesse dizendo a verdade, mas ele estava. E Dane precisava de uma mulher bem melhor do que a sanguessuga da Britney. – Vamos ver o que acontece. – Meu irmão caçula era um homem muito melhor que eu, ou Sebastian. Mais bondoso e gentil. Pelo menos era, no passado.

Meu plano era tirar a Britney da vida de Dane sem lhe causar sofrimento, mas eu não tinha certeza se isso seria possível.

- Tenho que ir. Eu me esquivei de uma festa, mas tem um bom uísque me esperando.

Droga! Eu faria qualquer coisa para evitar que Sebastian bebesse até ficar inconsciente e uma sensação de impotência me invadiu por dentro, por conta da distância física e emocional que havia entre nós. Eu não queria que ele dirigisse, não queria que se matasse. Sim, ele era adulto e um babaca na maior parte do tempo, mas ainda era meu irmão. - Sebastian, você não precisa fazer isso. Onde você está?

- Não comece com essa baboseira, Trace. Eu só queria ouvir a sua voz.

A última coisa que eu queria ser era a voz da consciência de meu irmão, muito menos seu guia moral. Porra, eu sabia que não era qualificado pra isso. Eu só queria que ele ficasse bem. Que todos nós ficássemos bem.

A verdade era que eu também queria ouvir a voz dele, queria a porra da minha família de volta.

- Eu te vejo em algumas semanas. - Sebastian desligou e eu fiquei com poucas opções, além de torcer para conseguir transmitir algum bom senso, quando ele estivesse aqui.

Depois de bater o telefone no gancho, frustrado, eu me levantei bem na hora em que a campainha tocou.

Sorri ao seguir em direção à porta, sabendo que mais entregas haviam chegado, sabendo que deixaria Eva novamente injuriada — se é que a primeira raiva já tinha passado.

Pensei nisso, mas nem liguei. Eu preferia vê-la zangada a parecer perdida, sozinha ou amedrontada.

Eu estava mais do que pronto para ficar preocupado com Eva e seus protestos.

No fim das contas, eu sabia que ganharia.

Eu sempre ganhei.

CAPÍTULO 4

Eva

Realmente me irritava o fato de Trace Walker me achar incapaz de me cuidar. Podia até parecer assim, de sua perspectiva, mas agora eu teria um emprego, a chance de uma vida melhor, eu ficaria bem.

Contato que ele nunca descubra...

Rapidamente expulsei o pensamento negativo da cabeça. Ele tinha feito uma promessa e eu esperava que ele cumprisse. Eu esperava.

Fiquei aborrecida quando ele me disse ter cuidado do meu senhorio pra mim, depois que eu havia lhe pedido que não o fizesse. Agora eu tinha dinheiro, pois seu cheque já havia sido depositado em minha conta-corrente. Eu era perfeitamente capaz de cuidar dos meus problemas.

Nós também havíamos discutido sobre dinheiro, mas ele insistiu que eu aceitasse o pagamento dos vinte e cinco mil dólares adiantados e eu finalmente decidi simplesmente aceitar. Eu poderia devolver o que não precisasse, uma vez que essa farsa tivesse terminado.

De alguma forma, eu precisava encontrar um meio de parar de discutir com ele!

Talvez, se ele não fosse um babaca tão arrogante e presunçoso, nós poderíamos nos dar bem.

Dei um sorrisinho admitindo, para mim mesma, que sua arrogância atiçava o meu temperamento. Não que eu nunca tivesse conhecido homens convencidos, mas nunca conheci ninguém como ele. Mesmo em seus momentos mais pomposos e audaciosos, ele estava pensando em meu bem-estar. Isso não chegava a me murchar, mas ficava bem difícil odiá-lo.

Trace Walker estava acostumado a ser obedecido. Estar no comando obviamente fazia parte de seu DNA.

- Você está incrível, querida – disse baixinho, uma voz feminina, a voz da minha nova estilista.

Pelo amor de Deus, agora eu tenho uma estilista.

Claudette era superficial, mas tinha uma presença agradável o suficiente. Acho que devia ter em torno de sessenta e poucos anos, mas era muito bem composta, sem um único fio de seu cabelo escuro fora do lugar. Ela ostentava um belo visual esportivo, profissional e chic, que eu torcia para ter, um dia.

Ela parou de remexer o vestido vermelho que eu estava experimentando e virou-se para olhar no espelho inteiro que havia no quarto imenso e elegante que me foi designado, ao qual eu ainda não havia me acostumado.

Eu tinha passado minha primeira noite na gigantesca casa de Trace vagando, extasiada, quase me perdendo, antes de finalmente desabar na linda cama desse quarto, local onde Trace apontara como meus aposentos temporários.

Gelei ao ver meu reflexo, olhando para uma imagem que eu mal reconhecia.

Meus cabelos tinham sido aparados e formavam uma onda que batia em meus ombros. Claudette tinha feito alguma mágica com uma maquiagem cautelosamente aplicada e explicou como eu deveria fazê-lo. O vestido, que batia pouco abaixo dos meus joelhos, tinha mangas compridas justas que colavam em meus braços como uma segunda pele, e minhas costas estavam quase desnudas. Não era um estilo ao qual eu estivesse acostumada e eu nunca me senti tão nua com algo de mangas compridas.

- É... bonito. – Eu quase não conseguia evitar continuar boquiaberta.

Eu parecia outra mulher; sentia-me uma mulher diferente.

- Você está linda, Eva. – Trace disse baixinho, da porta do meu quarto.

Eu virei pra ele e nossos olhares se cruzaram, depois que ele me observou atentamente. Meu corpo começou a arder, sob seu olhar inflamado.

- Obrigada. Mas acho que eu realmente não preciso dessa quantidade de roupa. – Eu quase tropecei com o salto alto, ao recuar do espelho, para ficar de frente pra ele.

Um guarda-roupa inteiro havia sido providenciado pra mim. Claudette estava levando de volta as peças que ela não tinha gostado; infelizmente, ela tinha gostado de muitas delas.

Trace olhou para Claudette. – Obrigado. Acho que você terminou por aqui.

A mulher mais velha assentiu e foi caminhando em direção à porta, passando por Trace. – Vou pedir que minha equipe passe depois, para retirar o equipamento e as roupas que não eram apropriadas, Sr. Walker. – Ela saiu apressadamente, sabendo que havia sido dispensada.

Trace ergueu a sobrancelha. – As roupas fazem parte do acordo.

Pousei as mãos nos quadris. – Tantas, assim, não. Aonde eu vou usar um vestido como esse?

Ele sacudiu os ombros. – Festas. Tenho uma festa natalina corporativa para ir, esse ano, e preciso que você esteja presente. Eu lhe disse que isso precisa ser convincente.

Meu coração disparou com a ideia de estar de braço dado com Trace, em qualquer evento. Apenas estar em sua companhia já me deixava nervosa. – Você ainda não me disse o motivo.

Mais cedo, eu deixei a raiva de lado, dizendo a mim mesma que precisava tratar isso como um emprego.

Trace adentrou meu quarto – que era duas vezes o tamanho da minha quitinete, eu devo dizer – e sentou-se no parapeito largo da janela.

Eu tirei os saltos e fui até a cama. Sentei no meio do edredom floral bege e cruzei as pernas, puxando a saia por cima. Senti que ele iria me dizer algo importante e fiquei em silêncio. Trace encostou seu ombro forte à parede. – Você sabe que sua mãe e meu pai morreram num acidente aéreo?

Eu assenti. Sabia que minha mãe tinha falecido logo após seu casamento com o pai de Trace.

- Meu irmão caçula também estava a bordo daquele jatinho e sobreviveu... por um fio. Ele ficou muito queimado e marcado, e, apesar da cirurgia plástica, ainda tem cicatrizes, por dentro e fora.

– Ele parou um momento, depois prosseguiu – Eu deveria estar naquele avião com eles, mas tinha provas finais na faculdade. Eu estava me formando. Precisei partir assim que a cerimônia acabou, assim como meu irmão Sebastian. Dane foi o único cujos exames e aulas já tinham terminado, pois ele estava num colégio diferente, então ele ficou mais alguns dias.

Ai, Deus. Senti um nó no estômago, ao pensar que Trace poderia estar morto. Olhei-o boquiaberta, ainda sentindo sua vitalidade e energia reverberando no ambiente. Eu também sentia sua tensão. – Você se sente incomodado pelo fato de não ter estado naquele avião. Sente-se culpado.

Trace não demonstrou a emoção com gestos, mas eu estava perto o suficiente para notar a breve expressão de sofrimento em seus olhos.

- Eu não queria estar morto – ele estrilou. – Mas o fato de que deveria ser eu, passou pela minha cabeça.

Ele era tão responsável, tão pronto para assumir o mundo inteiro. – Não teria feito diferença.

Ele fechou os punhos e me lançou um olhar irritado. – Como posso saber disso? Talvez eu pudesse ter tirado Dane das ferragens mais depressa, talvez eu pudesse ter evitado as cirurgias que ele fez. Foram tantas que até perdi a conta.

Senti um aperto no coração, pelo homem que achava poder evitar todas as dores do mundo. Eu tinha aprendido que era preciso escolher minhas batalhas. Ele, obviamente, não. – E talvez você estivesse morto. Talvez você impedisse o caminho para que as pessoas saíssem. Todos os outros daquele avião morreram, naquele dia, incluindo o piloto. Você se acha invencível? – eu disparei de volta, tentando fazê-lo ver a verdade mais provável: estar ou não, naquele avião, não teria mudado o desfecho.

Seus lábios tremularam, provavelmente pelo meu tom irritado, mas eu não tinha certeza.

- Então, você acha que meu cadáver também o teria matado?

Sacudi os ombros. – Talvez tivesse atrapalhado.

- Ideia confortante. – Seu tom era sarcástico, mas também havia um tom intrigado.

Evitando pensar na possibilidade de ele não estar vivo, eu o incitei a continuar – Prossiga.

Trace deu uma risadinha resignada. - Dane já passou por muita coisa, emocional e fisicamente. Faz pouco tempo que ele começou a namorar uma mulher com quem tenho bastante familiaridade. Ela está saindo com ele para me atingir, torcendo para que eu a aceite de volta. Terminei nosso relacionamento um ano atrás, porque ela não estava satisfeita só comigo. Ela estava dormindo com todos os homens abastados do Colorado.

- Que mulher imbecil – eu disse, sem pensar. Mas, realmente, por que uma mulher precisaria de outro homem, quando tinha Trace Walker. – Desculpe. Tenho certeza de que você era fiel a ela.

Ele sorriu pra mim e meu coração derreteu. Depois, assentiu e disse – Eu era. Não estava pronto para assumir um grande compromisso, mas nós namoramos o suficiente e ela me convenceu a um relacionamento monógamo. Pena que ela tinha a intenção de que fosse assim só pelo meu lado.

- Você ainda a ama? – As palmas das minhas mãos estavam suando e meu coração começou a disparar. Eu não tinha certeza se queria ouvir essa resposta.

- Eu nunca disse que a amava. Eu só disse que nós deveríamos ser exclusivos. Eu não amo, Eva. Eu satisfaço uma carência física com uma mulher com quem saio.

Estava bem óbvio que ele fazia muito além disso. Bem, ele talvez nunca tivesse se apaixonado, mas o modo como se preocupava com o irmão me dizia que ele era capaz de amar. – Então, você precisa de mim como chamariz?

- Preciso de você para mantê-la longe de mim. Dane ficaria devastado se soubesse que tudo que a Britney quer são as coisas que seu dinheiro pode comprar e que ela está se vingando de mim.

- Talvez ela realmente se importe, agora. Talvez as coisas tenham mudado – eu disse, torcendo para que Britney tivesse tido uma epifania. Como uma mulher podia ser tão insensível, a ponto de usar um irmão contra outro, principalmente alguém que tivesse sofrido tanto quanto Dane?

- Ela me ligou algumas semanas atrás, me dizendo que estava torcendo para me ganhar de volta no Natal. Ela não mudou. – A voz dele era seca e desesperançada. – Eu quero que Dane a dispense. Ela é uma cobra. Não por dar em cima de mim. Eu não quero que ele fique ressentido comigo, que saiba que eu transei com ela primeiro.

Eu detestava pensar nisso, em Trace transando com qualquer mulher. Infelizmente, eu tinha certeza de que ele já fizera isso um bocado.

- Farei o melhor possível – eu prometi a ele. – Mas você terá que me ajudar, fingindo que se importa comigo.

- Não terei que fingir, Eva. Se eu não quisesse que você tivesse uma vida melhor, eu não teria escolhido você. Eu poderia ter encontrado outra pessoa, mas você foi perfeita. Você é muito bonita.

Ele estava errado. Eu era uma perdedora, num vestido deslumbrante. – Eu me sinto como a Cinderela – eu murmurei, antes de poder evitar. O quarto ficou em silêncio, por um minuto, antes que eu acrescentasse – O que estamos fazendo aqui, juntos, se eles só vêm no Natal? Amanhã é Dia de Ação de Graças.

- Sei muito bem disso. Pensei em levá-la para jantar. O tempo não será desperdiçado. Posso introduzi-la ao nosso processo de pré-emprego e explicar os detalhes. - Eu vou cozinhar. Eu quero – eu disse, avidamente. Fazia anos que eu não participava de um jantar de Ação de Graças. Ele ficou me olhando, me pesquisando com um olhar fixo e intenso. – Você quer mesmo cozinhar?

- Sua cozinha é incrível. E, sim, eu adoro cozinhar. Só faz muito tempo que não tenho a chance. – Nunca tive dinheiro pra isso. Ultimamente, eu não tinha nem farelo de comida em meu apartamento. – Você tem os suprimentos?

Ele franziu o rosto. – Provavelmente, não. E eu dei folga ao meu pessoal até a próxima segunda-feira. Mas posso ligar para que minha assistente venha até aqui.

Eu ergui a mão. – Não. Você não tem um carro?

Ele deu um sorrisinho. – Tenho vários.

- Você pode me levar. Eu não vou dirigir esses carros bacanas e caros que você tem. – Conhecendo a minha sorte, eu poderia bater.

- Até o supermercado? – ele pareceu assustado.

- Sério? Você age como se nunca fizesse compras.

Ele sacudiu os ombros. – Não faço. Tenho empregados pra isso.

- Então será uma aventura, certo? – Eu nem podia imaginar alguém que contrata outra pessoa para fazer as compras, mas eu só precisava de uma carona. – Eu sei o que comprar. Vou dar uma olhada na sua cozinha, pra ver o que você já tem.

Desci da cama, pronta para sair com o vestido elegante que eu estava vestindo. Ele fazia com que eu me sentisse bonita, mas também alguém que eu não era realmente... eu.

Trace levantou. – Você não precisa fazer isso, Eva. Não me importo em colocar alguma coisa no microondas, ou sair.

- É Dia de Ação de Graças. Não dá pra comer um jantar congelado. – Se não fosse por Trace, eu nem estaria comendo. Eu queria fazer isso por ele. – Apenas me dê alguns minutos pra trocar de roupa – eu o cutuquei na direção da porta.

- Posso ficar olhando? – ele disse, malicioso.

Seu olhar verde derretido me envolveu e eu juro que dava pra sentir seus olhos me percorrendo, até os dedos dos pés. Senti uma contração nas vísceras, ao sentir seu cheiro.

Ele virou pra mim, parando, e disse – Estarei lá embaixo.

- Fico pronta em alguns minutos. Só preciso tirar esse vestido.

Juro que ouvi seu gemido quando ele me pegou nos braços, com uma das mãos no pé das minhas costas e a outra segurando em minha nuca. – Você está me matando, Eva.

Seus lábios encontraram os meus com uma determinação que eu nunca tinha experimentado. Seu beijo era quente, devorador e eu me senti cedendo, quase que instantaneamente.

Algo em Trace me atraía para ele e eu retribuí o beijo, sob seus lábios exigentes, enquanto ele mergulhava a língua em minha boca. Suspirei junto aos seus lábios e enlacei seu pescoço, deixando que ele tivesse o que queria, porque na verdade eu queria o mesmo.

O desejo irrompeu em meu corpo como uma corrente elétrica, enquanto ele deslizava a mão até minha nádega e me puxava pra junto dele, pra junto de sua rigidez imensa.

Eu o quero dentro de mim.

Preciso dele dentro de mim.

Eu odiava a roupa entre nossos corpos.

Ele não sabia nada a meu respeito, mas me queria. Eu estava ficando inebriada de paixão, perdida com o jeito que ele me beijava, como se tivesse de fazê-lo, precisasse fazê-lo, ou deixaria de respirar.

Sentir o desejo de Trace era uma sensação eufórica, o fato de uma mulher como eu fazer com que alguém como ele me beijasse com toda essa intensidade era, mesmo, inebriante.

Eu sabia que nós precisávamos parar. Meus mamilos se arrepiaram, quando ele me puxou para mais perto, meus seios sensíveis roçando no paletó de seu terno.

Ainda assim, ele continuava me tocando e a mão que antes estava em minha nuca agora segurava meus cabelos.

Minha voz estava ofegante, meus olhos fechados, enquanto sua boca devorava a minha e passava à pele sensível do meu pescoço. – Ai, Deus, Trace. Por favor, pare. – Eu sabia que eu certamente não conseguiria me afastar dele. Eu queria continuar, deixar que ele me levasse até onde eu pudesse ir.

- Eva. Eu te quero tanto – ele disse, com a voz rouca em meu ouvido.

- Também quero você, mas não posso fazer isso. – Ele era meu meio-irmão, mas não era o fato de saber disso que me impedia. Nós mal nos conhecíamos; a única coisa que tínhamos em comum era uma química incrível.

Finalmente, ele me soltou. – Podemos, sim, fazer isso, mas eu vou esperar até que você esteja pronta. – Ele parecia sofrer.

Estou pronta. Prontíssima.

Ele recuou e meus olhos se abriram como um raio e a dor de me afastar dele foi um tormento.

- Do que você tem medo, Eva? – ele perguntou, numa voz embargada.

Olhei pra ele, vendo o calor em seus olhos.

Tenho medo que você me odeie, algum dia.

Tenho medo de ficar viciada em você e não posso.

Tenho medo de que depois que eu me tornar íntima de você, jamais queira deixá-lo.

- Eu não saio dormindo por aí, principalmente com meu meio-irmão. – Eu queria provocá-lo, mas minha voz estava falhando de emoção.

Ele pegou meu queixo e ergueu. – A última coisa que sinto por você é afeição de irmão – ele me disse, zangado. – Quero transar tanto com você que eu mal consiga respirar. Você quer a mesma coisa.

Fui honesta o bastante para admitir que quisesse a mesma coisa, mas isso não podia acontecer. – Por favor, eu mal o conheço.

– Eu não tinha certeza se estava pedindo que ele ficasse comigo, ou que me deixasse em paz.

No fim, ele decidiu por mim. – Eu estou indo. Mas nós vamos nos conhecer durante os próximos dias. Garanto que vou tentar deixá-la nua. E vou conseguir.

Eu estremeci ao pensar, observando-o com meu corpo ainda trêmulo, cada músculo tenso de desejo retraído. Quando ele começou a descer a escada, eu fechei a porta, antes que me permitisse chamá-lo de volta pra mim.

CAPÍTULO 5

Trace

Tum!
Tum!
Tum, tum, tum!

- Ela está me deixando maluco – eu disse a mim mesmo, enquanto minhas mãos enluvadas e meus pés batiam no saco de areia pendurado à minha frente.

Durante anos, eu vinha me aperfeiçoando nas técnicas do MMA, mas ninguém imaginava. Nesse momento, a minha técnica estava uma droga e eu não estava realmente treinando. Só peguei a luvas e vesti um short. Eu nem tinha me dado ao trabalho de colocar ataduras nas mãos. Só queria extravasar um pouco, liberar bastante energia sexual que eu não parecia conseguir gastar de outro modo. Pra mim, isso significava que eu precisava dar uns socos.

Tum, tum, tum!

Eu estava socando o saco com tudo, fazia mais de quinze minutos.

Mas meu pau continuava duro.

Tum!

O ar entrava e saía dos meus pulmões, e o suor escorria do meu rosto, pingando em meu peito encharcado, mas eu ainda não estava aliviado. Só uma olhada para Eva naquele vestido que dizia *me come* tinha me derrubado.

Eu quase não consegui sair do quarto, sem levantar a bainha do vestido e transar com ela colada na parede. Habitualmente, isso que eu teria feito. Mas o jeito como me senti ao olhar pra ela, desafiou meu raciocínio habitual.

Eu a queria, mas também sentia que *precisava* dela. Vivenciar emoções assim era algo novo pra mim e eu não gostava.

Eu transava.

Mandava belos presentes.

E pronto.

Britney foi a única mulher com quem fiquei num relacionamento monógamo e olhe a merda que deu. Eu nunca mais ficaria só com uma mulher, não tinha ficado antes, nem depois da namorada do inferno.

Estranhamente, eu nunca havia sido possessivo com Britney, ou nenhuma outra mulher. Achei que isso não estivesse no meu DNA. O único motivo para que eu ficasse só com a Britney foi por ela querer e à época eu era bastante ambivalente. Não havia ninguém mais com quem eu quisesse transar e, por mim, tudo bem ficar só com ela. Pena que ela não sentia o mesmo, embora insistisse ser minha única.

Agora, eu não somente queria transar com a Eva até deixá-la fraca, eu também a cobiçava, eu estava sendo possessivo, pela primeira vez em minha vida.

- Jesus! Como eu sou patético – eu rugi, dando socos e chutes aleatórios no saco à minha frente, respirando ofegante, ao finalmente parar.

Tirando as luvas e seguindo em direção ao chuveiro da academia de casa, eu sabia que Eva provavelmente estaria pronta, me esperando, lá em cima, para que eu a levasse ao mercado.

Eu só me senti ligeiramente melhor, enquanto me vestia, depois de me masturbar e gozar no chuveiro, fantasiando em fazer Eva gozar de uma porção de maneiras. Mas que diabo estava acontecendo comigo? Havia uma porção de mulheres para quem eu podia ligar, mas não era isso que eu queria, e isso não iria me satisfazer mais que minha mão acabara de fazer.

Subi a escada com um jeans e uma blusa de moletom, quase certo de estar perdendo a cabeça.

Observar Eva fazendo compras de suéter e um jeans apertado que, a julgar pela etiqueta no bolso traseiro, obviamente fazia parte de seu novo guarda roupa, era quase uma experiência sensual.

Ela segurava a comida com reverência, como se fosse preciosa. Quando afagou a porcaria do peru, como se fosse algum tipo de prêmio, me deu vontade de gozar no meio do corredor do supermercado.

- Vai ser esse? – eu perguntei, impaciente para me afastar dos perus.

Ela suspirou e eu quis absorver o som de satisfação com a minha boca sobre a dela.

- Acho que esse vai ficar bom. Somos só nós dois. Mesmo com esse, nós vamos comer as sobras por vários dias. – Ela ergueu o que me parecia uma ave imensa, embora eu não entendesse nada pra escolher o peru ideal para Ação de Graças.

Ela parecia feliz e tão linda, fazendo uma tarefa tão simples, que me deu vontade de engarrafar seu entusiasmo, pra que eu pudesse me embebedar mais tarde.

Eu me aproximei e tentei pegar o pacote pesado, mas ela se recusou a me entregar.

Gesticulei para que ela se apressasse e jogasse no carrinho.
– Põe aí. – *E me tira dessa porra de lugar agora.*
Ela não soltou o pacote no carrinho. Eva colocou-o
cuidadosamente no fundo, afastando os outros itens ao redor, para
abrir espaço. Então, ela deu outro tapinha na ave rechonchuda.
– Acho que é isso. Acho que terminamos. Nossa despensa está
bem guarnecida. Só faltavam algumas coisas para o jantar de
Ação de Graças.
Eu não cozinho. Meus empregados sabem disso. A maior
parte dos meus jantares é pedida fora ou é algo fácil de aquecer.
Até a chegada de Eva, eu nunca nem imaginei quem é que fazia
as minhas compras, ou como, exatamente o que eu queria surgia
como mágica, em minha despensa.
Eu estava perto o suficiente para sentir seu aroma delicado
e inebriante, e quando ela ergueu os olhos e sorriu pra mim, eu
decidi que queria manter essa mulher feliz, independentemente
do que eu precisasse fazer.
Minha.
Eu senti a palavra até minhas vísceras. Eva ainda não sabia,
mas me pertencia. Pelo menos, por um tempinho.
- Eva? – uma voz feminina deu um gritinho, mais adiante,
no corredor.
Olhei quando Eva se virou e abriu um sorriso ainda maior.
- Isa! – Ela correu até o meio do corredor para encontrar a
mulher e as duas se abraçaram, contentes.
- Por onde você andou? Eu fiquei tão preocupada, quando
não consegui mais fazer contato com você.
Depois desse comentário, a mulher baixou o tom de voz e,
como quem não quer nada, eu fui me aproximando, para ouvir
a conversa das duas.
Isa – quem quer que fosse, para Eva – era absolutamente
deslumbrante. Ligeiramente mais alta que Eva, mas tinha perto
da mesma idade.
Eva virou para me apresentar à amiga. – Isa, esse é Trace
Walker, meu... – ela pareceu procurar as palavras.

- Noivo dela – eu terminei, sorrindo para a bela mulher de cabelos escuros, ao lado de Eva. De jeito algum, eu ia querer que alguma das amigas de Eva soubesse a verdade. Porra, nem meu próprio irmão saberia.

- Trace, essa é minha amiga, Isa Jones. Nós perdemos contato, por um tempo. Ela fugiu depois que se casou.

Isa deu um soquinho de brincadeira, no braço de Eva. – Não fugi. Você que se mudou e eu não sabia. – Ela estendeu a mão. – É um prazer conhecê-lo. Já ouvi muito a seu respeito, através da mídia.

A mulher tinha um aperto de mão forte e confiante, e me olhou diretamente nos olhos. Gostei disso. Não me surpreendeu muito que ela me conhecesse. Eu parecia ser o alvo de todo mundo para colunas de fofocas e revistas. Eu detestava saber que o nome Walker era tão comentado e que pessoas que eu nem conhecia sabiam meu nome e informações que eu nem queria divulgar. Essa parte de ser rico nunca deixou de me incomodar. Eu preferia que minha vida particular ficasse em particular, mas isso não aconteceria. Com o passar dos anos, isso era algo que eu já tinha aceitado como o lado ruim de ter dinheiro. Eu não tinha muita escolha. Nasci no tal berço de ouro e por me matar de trabalhar, minha fortuna só aumentou.

- O prazer é meu. – Eu dei um sorriso pra ela.

Dando um passo atrás, Isa perguntou – Há quanto tempo vocês estão juntos?

Vendo sua olhada discreta para o dedo de Eva, eu sabia que essa era uma situação que eu logo teria que consertar. Ela precisava de um anel.

- Nós... já temos uma ligação há anos – Eva disse, cautelosamente. – Mas só recentemente assumimos o grande compromisso. Ainda nem tivemos tempo de ver o anel.

Eva era boa nisso, tão boa que até eu quase acreditei nela. Ela sabia dizer a verdade absoluta, mas de modo vago, sem que ninguém desconfiasse o que havia além do que ela estava dizendo.

Temos uma ligação...há anos? Tecnicamente, ela é minha meia-irmã, portanto, acho que é verdade. A culpa me invadiu, pelas circunstâncias tão difíceis que Eva passou. É, talvez eu não soubesse que tinha uma meia-irmã, mas nunca pensei em perguntar. Até onde eu sabia meus irmãos também não faziam a menor ideia da existência de Eva. Meu pai tinha filhos adultos e a mãe de Eva não era tão mais nova que ele. Agora fazia sentido que ela tivesse uma filha...

Estendi a mão e peguei a mão de Eva que parecia uma pedra de gelo.

- Você está com frio? – eu perguntei.

Ela apertou a minha mão. – Não, estou bem.

Era uma sensação natural mantê-la ao meu lado. Não descobri muito mais sobre Eva, porém, através da conversa, eu soube que Isa era casada com um homem que eu conhecia e admirava, um abastado gênio da tecnologia.

Isa abraçou Eva novamente. – Por favor, não perca contato. Senti sua falta e fiquei imaginando como foi o desfecho de seus planos de formação.

Fiquei curioso sobre o que Eva teria planejado, mas não perguntei. De alguma forma, eu tive a sensação de que ela estava constrangida em falar a respeito. Ela baixou a cabeça e já não estava mais olhando a amiga nos olhos. Sua linguagem corporal gritava que ela estava aflita.

- Você tem celular? – eu perguntei a Isa, mudando o rumo da conversa.

Pela expressão de Eva era fácil presumir que ela havia sentido a falta da amiga também, só não queria falar agora, sobre os planos que tivera.

Isa remexeu na bolsa e tirou o celular.

- Vou inserir o novo celular de Eva. – Eu já sabia o número de cor, algo tão patético quanto normal pra mim. Eu era naturalmente bom com números, e tinha uma memória perfeita, se o número fosse importante o suficiente para que eu me lembrasse. O fato de que meu cérebro havia inconscientemente gravado o número do celular que eu comprara para Eva era bem triste. Havia pouquíssimos números que eu considerava importante e todos eles já estavam no meu celular, incluindo o dela. Eu havia inserido, assim que comprei o telefone e programei. O estranho é que, que por algum motivo, eu achei que o número era importante o bastante para ocupar espaço em minha mente já tão tumultuada.

Devolvi o celular par Isa, depois de registrar o número de Eva. As duas se abraçaram novamente, com a promessa de que ambas ligariam, para contar as novidades.

- Ela foi importante para você. Ainda é – eu disse, enquanto caminhávamos em direção ao caixa.

- Sim. – Eva tinha um tom prudente.

- Sua amiga? Ela parece ser mais velha que você.

- Ela foi professora assistente, na minha escola de Ensino Médio. Acho que agora ela deve ser professora. Ela estava concluindo seus estudos de pedagogia, quando nós nos conhecemos. – Ela parou, antes de perguntar – Desde quando eu tenho um telefone celular?

Eu ignorei a pergunta. Eu lhe comprara um bocado de coisas que ela ainda não tinha visto. – Como ela acabou se casando com Jones? – uma professora assistente e um magnata da tecnologia era uma combinação interessante.

Eva sacudiu os ombros. – Ela já o namorava, quando eu a conheci, por isso, não tenho certeza de como eles se conheceram. Mas ela parece feliz.

- Então, quais eram seus planos? - Na verdade, essa era minha maior curiosidade e eu ergui uma sobrancelha pra ela, depois de colocar as compras na esteira do caixa. Ela estava em silêncio.

- Às vezes, os planos não dão certo – ela respondeu, repentinamente.

Havia algo errado, dava pra sentir pelo tom de tristeza em sua voz, misturado à postura defensiva.

- Você me conta, quando chegarmos em casa. - Eu arrancaria isso dela, de algum jeito. Eliminaria todas as sombras de seu passado, pois elas me irritavam. Eva era o tipo de mulher que tinha sido feita para ser feliz, mas alguém lhe roubara essa oportunidade. *Ela foi sacaneada por uma mãe egoísta que não lhe dava a mínima.* Quanto mais eu pensava nisso, mais isso me deixava injuriado. Meu pai tivera expectativas em relação a todos os seus filhos. Ele tinha sido um homem de negócios astuto e temível, mas não era do tipo que deixaria de aceitar uma nova filha, se a mãe de Eva tivesse optado por trazê-la para a família.

Ao sairmos do mercado, Eva estava quieta e isso me irritou ainda mais. Eu tinha que saber por que ela havia sido esquecida, quando sua mãe partiu do Texas para se casar com meu pai. Mas que droga, ela obviamente nem ficou para a formatura de Eva, do Ensino Médio. Que tipo de mãe era essa?

Ver o apartamento de Eva e o modo como ela vivia me deu uma dor visceral. Na verdade, eu não sabia quase nada a respeito de Karen Morales, mas eu faria questão de descobrir.

Meu controle era algo que eu valorizava e eu estava lentamente começando a perdê-lo quando se tratava de Eva. Eu precisava descobrir o que havia de errado, para que eu pudesse consertar. Quando eu mergulhasse dentro dela, ia querer sua atenção completa.

Eu não queria gratidão. Não queria que ela sentisse me dever algo.

Tudo que eu queria era seu prazer e esses momentos extasiantes pertenceriam a mim e a mais ninguém.

Se isso me transformava num cretino egoísta, eu não ligava, mas eu a tornaria minha.

Eu não tinha dúvidas de que ganharia.

Sempre ganho.

CAPÍTULO 6

Eva

E u preparei um tempero para marinar o peru e minha boca enchia de água só em pensar em nosso banquete de Ação de Graças amanhã. Fazia tanto tempo que eu não comia refeições regulares que a ideia de comer uma comida tão farta era quase indecente.

Eu sabia que Trace estava me esperando, querendo retomar a conversa de onde havíamos parado no supermercado. Agora que eu já tinha guardado a ave gorducha na geladeira, eu tinha poucos motivos para evitá-lo. Exceto pelo fato de que eu realmente não queria falar sobre Isa ou os sonhos que eu tinha, pouco antes de me formar no Ensino Médio. Isso foi há muito tempo e as coisas mudaram muito mais do que eu poderia imaginar... e não de uma maneira boa.

Deixe isso pra lá, liberte-se disso.

Não havia nada que eu pudesse fazer para mudar meu passado, mas agora eu poderia decidir meu próprio futuro.

Eu estava lavando as mãos, por um tempo muito além do necessário, quando ouvi uma voz masculina bem ao meu lado.

– Vinho? – perguntou ele, segurando uma linda taça de vinho branco, cheia até a metade.

Por não ser uma grande bebedora, eu não fazia ideia do que eu gostava, quando se tratava de álcool. Apesar disso, achei que um drinque poderia cair bem. Notei que ele estava segurando um copo pequeno com algo que parecia mais forte que o vinho que peguei de sua mão.

- Obrigada – eu disse, dando um gole cauteloso no líquido claro. – É bom.

- Eu não tinha certeza se você gostava.

Dei um ligeiro sorriso pra ele. – Somos dois. Também não sei se gosto. Eu realmente não sou de beber.

- Venha sentar comigo. Já terminou?

Eu tinha terminado, mas realmente queria dizer a ele que tinha um monte de coisas pra fazer na cozinha. Mas, por algum motivo, eu não conseguia mentir pra ele. – Sim.

Ele assentiu na direção da sala e eu fui atrás. Ele acendeu a imensa lareira a gás e a sala ficou bem convidativa. Eu havia descoberto que embora Trace gostasse de qualidade, ele não era de ostentar sua riqueza. As cores neutras eram adoráveis, o couro macio dos móveis, mas a sala ainda era confortável.

Sentei numa das poltronas de couro. Ele se esticou com seu imenso porte no sofá, de frente pra mim.

Ele ainda estava com o mesmo jeans preto justo em seu corpo e um moletom verde que combinava com a cor de seus olhos. Jesus, como ele era lindo, com o cabelo curto ligeiramente despenteado, dando a ele um ar que dava vontade... de tocar.

Graças a Deus que ele estava longe o suficiente para que eu não sentisse seu aroma masculino, mas a pequena separação não estava ajudando muito. Eu ainda queria deixá-lo nu e subir em cima dele, pedir que ele transasse comigo.

- Agora me diga, Eva. Quais eram seus planos, quando você terminou o Ensino Médio?

Sua voz grave era suave e fluía sobre mim como veludo.

Dei uma golada em meu vinho, sabendo que teria que falar um pouco sobre o meu passado. – Quando eu tinha dezesseis anos, arranjei um emprego num restaurante. Aprendi muito trabalhando na cozinha. Eu queria seguir carreira na arte culinária e Isa me ajudou a conseguir um programa de aprendiz. Eu podia trabalhar e estudar, ao mesmo tempo. Ela fez muitas coisas que não precisava fazer como me ajudar a arranjar ajuda financeira e me inscrever para bolsas de estudos. Mas assim que eu me formei, as coisas mudaram. *Por favor, não pergunte mais nada.* Eu já lhe dissera tudo que eu queria revelar.

- Mudaram, como?

Sacudi os ombros. – Minha mãe foi embora e eu tinha contas para pagar.

- Contas dela?

- O aluguel estava atrasado e eu seria despejada. À época, eu não fazia a menor ideia do paradeiro dela. Precisei abrir mão de cada centavo que eu tinha economizado pra manter um teto.

Ele franziu o rosto. – Por que ela não lhe disse, não a levou junto? Meu pai era rigoroso, mas ele a teria acolhido. Ele não ia querer que você fosse abandonada, aos dezessete anos. Cristo! Ela simplesmente a desertou.

Ela tinha feito muito mais que isso, mas eu não ia contar a ele como minha mãe era fria. De que adiantaria? – Ela detestava meu pai e me desprezava. Eu a lembrava de todos os fracassos que ela tivera na vida. Seu casamento com meu pai foi um dos maiores, ou assim ela dizia. Acho que ela teve que se casar com meu pai porque ele a engravidou. Meus avós não o aceitavam... nem a mim. – Só Deus sabe o quanto eu ouvi minha mãe dizer que eu tinha estragado a sua vida, a filha mestiça que seus pais jamais acolheriam.

- Por quê?

- Ele era um trabalhador do campo e nós sempre tivemos dificuldades. Mas ele nos mantinha alimentadas e nos deu um teto.

Trace me olhou diretamente. – Você gostava dele. Sente sua falta.

Eu assenti. – Todo santo dia, desde que ele morreu. Eu o amava e ele me amava. – Eu não soube mais o que era o calor da afeição paternal, desde o dia em que meu pai deixou essa terra e acho que sempre sentirei falta.

- Eu nunca cheguei a realmente conhecer a Karen – Trace comentou, zangado. – Nenhum de nós sabia a seu respeito, Eva, ou teríamos ido procurá-la. Sinceramente, eu só encontrei sua mãe uma vez e foi no casamento. Todos nós ficamos surpresos, quando descobrimos que meu pai ia se casar. Sebastian e eu estávamos na faculdade e Dane também estava se preparando para ir. Acho que meu pai estava solitário.

- Por que se sentiriam obrigados a me ajudar? Vocês não são realmente meus parentes. – Os Walker não tinham qualquer motivo para me socorrer. Além disso, eu guardava rancor de qualquer um que tivesse o nome Walker, mas eles tinham sido tão inocentes quanto eu.

- Porque nenhum de nós é como sua falecida mãe – ele rugiu, pousando seu drinque na mesa e levantando.

Ele pegou minha mão e me puxou para o sofá com ele. Ainda segurando o vinho, eu sentei relutante, deixando que ele me puxasse para junto de seu corpo. Eu queria ficar ali, mas não queria. Seu cheiro penetrava meus sentidos; sua proximidade me fazia querer coisas que eu jamais poderia ter.

Suspirei, quando ele pegou a taça de vinho da minha mão e colocou na mesa, ao lado de seu copo vazio. Por um instante, eu me deixei aconchegar ao seu corpo, me permitindo acreditar que ele teria me ajudado, protegido, depois que minha mãe partiu.

Seus braços se apertaram ao meu redor e eu pousei a cabeça em seu ombro. As lágrimas escorriam dos meus olhos porque a sensação de estar ali com ele era boa demais. Fazia muito tempo desde que alguém de fato se importava comigo.

- Obrigada. Você não tem culpa por não saber.

- Eu não perguntei e me odeio por isso.

Inclinando a cabeça, eu olhei para a expressão enevoada nos olhos dele. – Não faça isso – eu disse, firmemente, pousando a mão em seu rosto, me deleitando com a sensação de sua barba por fazer sob meus dedos. – Não é culpa sua e agora eu estou segura. Tenho um emprego e um futuro, por sua causa.

- Não me agradeça – ele disse, usando o peso de seu corpo para me prender no sofá.

Minha cabeça encostou numa das almofadas e eu olhei acima, para sua expressão furiosa, apenas alguns centímetros de mim. – Mas eu sou grata, sim. Como poderia deixar de ser?

– Muito provavelmente, eu estaria num abrigo de sem teto, em algum lugar, se não tivesse ido ao seu escritório implorar por um emprego.

- Eu não mereço. Não tenho pena de você, Eva. Quero transar com você.

Eu sabia que enlaçar o seu pescoço traria problemas, mas fiz, mesmo assim. Meu corpo irrompia em fogo, ardendo até o meu âmago. – Então, transe, porque a última coisa que eu quero é que você sinta pena de mim – eu sussurrei, cansada de lutar contra a atração desmedida entre nós.

Agora, o futuro não importava. Tudo que eu queria era Trace. Eu sabia que só estava ali para um trabalho, mas eu nunca tinha me sentido assim, em relação a um homem. *Carpe diem!* Essa expressão nunca teve maior significado pra mim. Eu queria agarrar a oportunidade que tinha no momento, sem pensar no amanhã.

Vi um lampejo de algo que pareceu satisfação, quando ele pousou a boca na minha. Então, eu me perdi num mundo de anseios loucos, enquanto nossas línguas e lábios se fundiam, num redemoinho desesperado de desejo.

Ele me beijava como um homem possuído por uma fúria selvagem que não conseguia controlar, tentando não apoiar todo seu peso em mim, mas eu teria gostado. Eu queria entrar nele, sentir nossos corpos se misturarem do jeito mais primitivo.

Eu não conseguia parar de beijá-lo e Trace talvez um dia conseguisse satisfazer meu desejo, mas eu não queria pensar nisso. Tudo que eu conseguia fazer era... sentir.

Eu respirava ofegante, quando ele recuou a boca da minha. Eu queria reclamar quando seu peso se ergueu do meu corpo, já querendo senti-lo outra vez, no instante em que ele se afastou.

Ao lamber meus lábios, eu ainda sentia o gosto de seu abraço, enquanto o via tirar o moletom pela cabeça e jogá-lo no chão. *Meu Jesus!* Ele era perfeito. Cada músculo parecia esculpido em pedra. Seus bíceps contraíram, quando ele se livrou da blusa e seu abdômen era tão definido que eu via cada músculo esplêndido em sua barriga e peito. Uma pele lisa que eu ansiava tocar e eu estendi os braços, pelo reflexo do desejo. Estava desesperada para ver se sua pele era tão quente quanto parecia e morrendo para tracejar a trilha de pelos escuros que sumiam sob o cós de seu jeans.

- Não, Eva – ele rugiu. – Se você me tocar, eu não vou me segurar.

Eu *queria* que ele não se segurasse; eu *vivi* para vê-lo perder o controle, nesse momento.

- Eu quero tocar você.

Ele me ignorou e me sentou para tirar o meu suéter. A blusa voou para junto da camisa dele, no chão. Eu estava agradecendo a Claudette, quando ele tirou o sutiã de renda rosa que eu estava usando, soltando o fecho da frente com destreza. Estremeci com o ar frio que bateu em meus mamilos arrepiados, deixando que ele deslizasse a peça sedosa pelos meus braços, antes de descartá-la em cima da pilha de roupas que estava se formando no chão.

- Que linda – ele rugiu, me empurrando pra trás, sobre a almofada.

Eu resfoleguei ruidosamente, quando seus lábios pousaram em meu mamilo sensível, sugando até deixá-lo rijo. – Sim – eu sussurrei, com a voz falhando.

Ele segurou o outro mamilo, apertando devagarzinho, causando um espasmo violento por dentro de mim.

- Minha – Trace afirmou, ao erguer a cabeça do meu peito.

Naquele momento, ele era o dono do meu corpo e podia fazer o que quisesse comigo, contanto que satisfizesse aquela dor tormentosa dentro de mim. – Sim – eu concordei.

Lentamente, sua boca foi descendo pelo meio dos meus seios e ele foi lambendo uma trilha até minha barriga. Embrenhei as mãos em seus cabelos, puxando as mexas, enquanto elevava os quadris, frustrada pelo jeans entre nós, tentando me esfregar nele, no ponto onde eu mais precisava.

Suas mãos abriram o zíper do meu jeans, como se ele precisasse desesperadamente me desnudar para seus olhos famintos.

Eu ergui o quadril, enquanto ele arrancava meu jeans, levando a calcinha rosa junto.

- Jesus, Eva. Você é a coisa mais linda que eu já vi – disse ele, rouco, num tom reverente.

Nunca me achei bonita. No máximo, eu conseguia ser levemente atraente. Mas, por um segundo, um instante, eu me permiti acreditar nele. Mergulhei em seu olhar selvagem, minha respiração presa nos pulmões, o olhar preso em seus belos olhos, desejando jamais ser liberta.

Um gemido escapou dos meus lábios, quando ele abriu as minhas pernas, pousando um das panturrilhas no encosto do sofá e o outro pé no chão. Quando eu estava completamente aberta pra ele, seus dedos tracejaram os lábios do meu sexo.

- Você está molhada – disse ele, rouco.

- Sim. – Nem daria para negar. A umidade que cobria as pontas dos dedos dele eram a prova do quanto eu ansiava por ele.

- Adoro ver você assim. Você precisa de mim. Está em seus olhos.

Também estava óbvio o quanto ele precisava de mim. Ele desviou o olhar para o ponto onde seus dedos brincavam.

- Preciso de você. Transe comigo, Trace. Por favor. – Eu nem ligava se estava suplicando.

Seus dedos começaram a circular meu clitóris, o polegar provocando meu ponto mais sensível.

- Farei isso, meu benzinho. Estou ficando viciado em olhar seu rosto. Quero ver você gozar.

Suas palavras acenderam meu corpo como se ondas elétricas disparassem de todas as minhas terminações nervosas.

- Toque em mim. – Eu precisava que ele parasse de me provocar.

- Posso fazer melhor que isso. Tenho que sentir seu gosto.

No instante que levei para assimilar o que ele estava dizendo, ele deslizou no sofá e levou os lábios até onde estavam seus dedos.

Sem conseguir me conter, eu gritei seu nome, enquanto sua boca me invadia, lambendo, chupando gananciosamente, como se ele jamais quisesse parar.

- Ai, meu Deus. Ai meu Deus. – Eu estava repetindo o mesmo mantra, estarrecida pela sensação de sua boca se deleitando em mim, a língua substituindo seus dedos em meu clitóris.

Eu ouvia o som molhado, enquanto ele mergulhava os lábios, o nariz e a língua, cada vez mais fundo, dentro de mim. Ele saboreava, instigava, depois mexia no pequeno ponto que estava me levando à loucura.

- Trace. Ai, Deus. Por favor, me faça gozar agora. – Eu puxava seus cabelos, apertava seu rosto junto a mim, para que ele soubesse do meu desespero.

Meu corpo estava insuportavelmente tenso e eu arqueava as costas de agonia.

Gozei com um gemido longo e incoerente, falando como ele me fazia sentir. Ondas de êxtase dominaram meus sentidos e eu não tive escolha, a não ser me entregar a elas, enquanto Trace lambia meu orgasmo, como se tentasse saborear cada gota.

Minhas mãos seguravam seus cabelos e eu fiquei ali, em total abandono, com os espasmos que explodiam do meu corpo, enquanto Trace arrancava de mim, cada gota de prazer.

Eu tinha gozado, mas não estava saciada. Ergui os olhos e o vi tirar a cueca samba canção, desnudando o pau magnífico.

Fiquei ligeiramente assustada ao olhar pra ele, mas eu o queria dentro de mim, mais do que qualquer coisa que já quisera na vida.

Trace remexeu na carteira e abriu uma camisinha, colocando-a em tempo recorde.

Ele desceu entre as minhas pernas abertas e me beijou. Eu suspirei em sua boca, quando nossa pele nua finalmente roçou, criando uma sensação de proximidade que voltou a atear fogo em meu corpo. Meu gosto estava em seus lábios e isso me instigou mais. Naquele momento, ele era meu. Eu adorava o fato de que meu cheiro estivesse nele, por toda parte.

Ele recuou os lábios dos meus e começou a fazer uma trilha de beijos em meu pescoço.

- Me abrace com as pernas – disse ele, com a voz embargada.

Eu obedeci, adorando a sensação de tê-lo preso no meio das minhas coxas.

A sensação de seu pau forçando para entrar meu corpo me dominou. Eu me contraí, enquanto ele pressionava com mais força, tentando entrar.

- Porra! Você é tão apertada quanto uma virgem, Eva – disse ele, com a voz desesperada.

- Trace, eu sou virgem. – Talvez eu devesse ter dito isso antes, mas não queria que ele parasse.

- Merda! Por que você não me disse? – Sua expressão era voraz, seu olhar acusador.

- Transe comigo. Isso não importa. – Eu ergui os quadris, querendo que ele mergulhasse em mim.

- Claro que importa. Segure-se em mim. Não consigo parar.

Eu já estava acariciando sua pele molhada, suas costas. Parei e segurei seus ombros. – Faça, por favor.

Ele me penetrou com um gemido, passando por qualquer barreira que ainda nos separasse, mergulhando lá no fundo. A dor foi momentânea e leve, comparada ao prazer e a satisfação de saber que ele estava ligado a mim, de um jeito tão íntimo. Meus músculos relaxaram acolhendo seu pau, abraçando-o como uma luva.

- Tão apertada. Tão molhada. Que tesão – Trace dizia, rouco. – Eu nunca vou deixá-la partir.

Eu sabia que ele deixaria, sim, mas me preocuparia com isso depois. Nesse momento, tudo que eu queria era vivenciar meu primeiro gosto da paixão com Trace. Ele era o homem por quem eu esperei para dar meu corpo intacto, o homem que sabia me fazer doer de desejo. – Transe comigo.

Ele estava com os dentes cerrados, os músculos de seu maxilar estavam contraídos. Eu sabia que ele estava tentando se controlar, mas eu não queria que conseguisse. Apertei as pernas em volta dele, me esfregando em seu sexo.

- Espere, Eva. Não posso fazer assim. Tenho que ser delicado.

- Nada de delicado – eu disse, ofegante. – Preciso de você, Trace. Por favor.

Minhas palavras pareceram encorajá-lo e ele recuou, saindo quase inteiro de mim, antes de mergulhar novamente. – Não tenho controle com você, porra – ele rugiu.

Ele mergulhou com força, indo até o fundo, como se sua vida dependesse daquilo, me dando seu pau inteiro. Eu me deleitei na ardência, contraindo meus músculos em volta dele. – Sim. Sem controle, sem dó – eu dizia, querendo que ele fosse tão indomável quanto pudesse.

- Não consigo mais esperar – disse ele, num gemido.

Ele recuava e mergulhava com tanta força, tão depressa, que minhas unhas curtas estavam cravadas em suas costas, em sua pele macia. Eu sentia meu orgasmo chegando, borbulhando para explodir. – Não espere – eu pedi, querendo vê-lo gozar.

Ele me surpreendeu quando deslizou a mão entre nossos corpos, buscando, massageando meu clitóris, me forçando a um clímax explosivo.

O calor percorria meu corpo e eu o apertava com força, engolindo seu pau enquanto cavalgava as ondas de êxtase que me percorriam inteira.

Eu vi sua reação quando ele gozou, inclinando a cabeça pra trás, gemidos de prazer escapando de seus lábios, junto com a respiração. – Você é muito gostosa, Eva. Nunca vou te deixar, porra.

Eu jamais queria que ele fosse, mas sabia que eu só estava vivenciando o momento. Nunca houve outro homem a quem eu desse meu corpo e minha primeira experiência tinha sido divina. Eu não esperava ninguém, em particular, apenas alguém que fizesse com que eu me sentisse como Trace fez.

Nós continuamos ligados, o peso de seu corpo sobre mim, enquanto tentávamos respirar, depois desse auge que eu nunca tinha experimentado. Afagando suas costas molhadas, eu perdi a noção do tempo. Minha mente ainda girava, quando ele foi se levantando, dando um beijo rápido em minha boca, antes de se soltar dos meus braços.

Ele saiu de dentro de mim devagarzinho, e seguiu rapidamente ao banheiro, provavelmente para jogar fora a camisinha.

Fiquei olhando para ele, sem conseguir me mexer, sem conseguir pensar. Minha mente estava tão exausta quanto meu corpo.

Ele se movia graciosamente, sem qualquer constrangimento. Não que ele tivesse motivo pra isso.

Instantes depois, ele estava de volta e minha respiração, que já tinha normalizado, ficou toda irregular novamente.

Ele sentou e puxou meu corpo nu e vulnerável para o seu colo. – Conte-me. Explique por que você me deixou tê-la, se nunca se entregou a outro homem.

- Não houve nenhum outro homem a quem eu quisesse me dar – eu expliquei, ofegante. – Não que eu estivesse me guardando por algum motivo, eu apenas nunca quis ninguém assim.

Ele ergueu uma sobrancelha pra mim. – Ninguém, em todos esses anos? Por onde você andou?

Olhei para sua expressão pensativa, sabendo que eu teria de lhe contar a verdade. Eu me sentia vulnerável e exposta de uma forma como eu nunca me sentira.

- Eva? – seu olhar era resoluto, esperando.

Eu me senti como se ele olhasse diretamente para minha alma, Deus me ajude, eu não podia mentir. – Eu estive na prisão. Terminei minha condicional apenas um ano atrás. Quando eu estava com dezoito anos, eu fui para uma instituição correcional, durante três anos. Lamento. Eu deveria ter lhe contado. Você acabou de transar com uma delinquente.

Eu não havia pensado em como ele se sentiria ao transar com uma criminosa condenada. Tudo que eu queria era só um momento para viver um sonho.

Relutei para me afastar dele, ao ver a expressão de choque em seu rosto e, por um segundo, algo parecido com repulsa.

Sou uma criminosa. O que eu poderia esperar?

Ninguém iria relevar o fato de que eu havia sido uma prisioneira, depois de adulta. Ninguém jamais o fez.

Cambaleando para ficar de pé, eu virei e saí correndo para o meu quarto, sem sequer me dar ao trabalho de pegar a minha roupa. Tranquei a porta com os dedos trêmulos e deslizei até o chão, até sentar nua no carpete.

Somente então, eu soltei a angústia que estava presa dentro de mim, soluçando como uma criancinha, cruzando os braços sobre meu corpo nu, deixando que o pranto torrencial finalmente começasse.

CAPÍTULO 7

Eva

N o dia seguinte foi quando realmente fiquei arrasada pela magnitude do que eu havia dito e feito na véspera.

Sentei na cama, inquieta, e afastei meus cabelos rebeldes do rosto.

- Ai, Deus – eu gemi, passando a mão na face.

Contei ao Trace sobre o meu passado, depois dos momentos mais contundentes da minha vida.

Tudo que ele tinha feito comigo, ao meu corpo, pareceu tão perfeito, cada minuto pareceu surreal. Por que eu tinha de estragar tudo?

- Porque tem alguma coisa nele que não me deixa mentir – eu sussurrei comigo mesma.

Em algum momento da noite, eu tinha saído do chão e vestido um pijama. As lágrimas tinham finalmente secado e o choro cessou. Eu me sentia esgotada, sensível e mais vulnerável do que jamais me sentira em toda a minha vida.

Trace tinha batido em minha porta ontem à noite, mas eu abafei meu choro doloroso enquanto ele estava no corredor, para não emitir nenhum som. Ele finalmente foi embora, provavelmente imaginando que eu estava dormindo. Infelizmente, eu quase não dormi e estava bem acordada, enquanto ele esmurrava a minha porta. Só estava amedrontada demais para atender.

- É Dia de Ação de Graças. Como vou encará-lo? – Eu deitei de barriga pra cima e cobri o rosto com um travesseiro. Teria que encará-lo e viver com o fato de que ele sabia da minha história e não a havia aceitado bem. Sua voz estava pontuada de raiva ontem à noite quando ele veio até a porta do meu quarto, e como eu poderia condená-lo? Eu não tinha sido honesta antes que ele pousasse as mãos em mim e, involuntariamente, ele acabou sendo íntimo de uma criminosa, alguém que ele nem deveria conhecer, muito menos transar.

- Eva!

Dei um pulo e sentei, ao ouvir sua voz grave em minha porta. – Eu sei que você está aí dentro. Ontem à noite, eu fui embora para lhe dar tempo, mas não vou embora novamente. Abra a porta ou eu vou arrombar. – Seu punho batia com força na barreira de madeira.

Resignada, eu saí da cama e fui até a porta, destranquei e dei meia volta, caminhando para cama, onde sentei.

Ele entrou quase que imediatamente e eu estava certa de que ele estava esperando ouvir o barulho da chave virando. Claro que eu iria destrancar. Primeiro: de forma alguma eu deixaria que ele destruísse uma porta de madeira tão linda. Segundo: eu não podia fugir da verdade pra sempre. Não fazia mais sentido ficar adiando.

Baixei a cabeça e foquei na estampa elegante do carpete creme, sem querer olhar pra ele. Fiquei com meus cabelos rebeldes no rosto e esperei.

E esperei.

E continuei esperando.

Cada músculo do meu corpo estava tenso e eu sabia que ele estava no quarto. Eu não apenas o ouvira entrar, mas eu podia *senti-lo*. Ao adentrar um ambiente, Trace Walker emitia uma energia tão esmagadora que não podia ser ignorado.

Bem no instante em que eu estava prestes a desistir e erguer os olhos, eu subitamente me vi deitada de barriga pra cima, presa pelo peso de seu corpo. – O que você está fazendo? – Minha voz saiu trêmula, enquanto ele segurava minhas mãos acima da minha cabeça.

- Nunca mais faça isso – ele exigiu, numa voz áspera.

- Fazer o quê? – eu não podia deixar de olhar pra ele, que afastou meus cabelos do meu rosto.

- Ir embora – ele rugiu. – Fugir de mim. Não faça isso outra vez. Eu detesto essa porra.

Meu coração estava aos pulos, enquanto eu olhava sua expressão séria. Ele estava com olheiras e eu fiquei pensando se ele não teria dormido. – Você parece cansado.

- Eu não dormi muito. Foi difícil pegar no sono depois de descobrir que eu tinha transado com uma virgem, sem saber que eu tinha sido o primeiro. E eu sei muito bem que você estava chorando.

Como ele soube? Eu tentei não fazer nenhum som. A última coisa que eu queria era sua compaixão.

- Eu não estava chorando – eu disse, resistente.

- Conversa! – Ele franziu o rosto e tracejou o que eu achei ser uma linha invisível de lágrimas. – Sua maquiagem está borrada.

Merda! Merda! Merda! Maldita Claudette e seu rímel mágico.

Eu imaginava que o rastro das minhas lágrimas agora estava borrado em minhas bochechas, num filete negro de maquiagem que antes estivera em meus cílios. De agora em diante, eu não usaria mais rímel.

- Chorei, sim, tudo bem. Admito. Eu estava aborrecida. Não tem importância. – Tentei minimizar o rio de lágrimas que chorei na noite anterior, ao extravasar a tristeza que eu vinha guardando por dentro, durante anos.

Ao notar que a expressão dele passou de irritado a totalmente furioso, eu me perguntei se ele teria tendências violentas. Ele parecera tão controlado, tão seguro de si. Esse era um lado de Trace que me assustava um pouquinho.

- Tem importância o que aconteceu. Eu machuquei você. Desculpe. – Sua expressão ainda estava zangada, mas seus olhos estavam repletos de remorso.

- Você não me machucou. Na verdade, não. – Eu não relutei em seus braços. O peso de seu corpo me prendendo era estranhamente afetuoso e confortante e sua pegada em meus punhos só tinha a força necessária para impedir que eu fugisse... de novo.

Eu não merecia sua culpa por ter tirado a minha virgindade. Eu que lhe dera por vontade própria, porque ansiei por essa experiência aviadamente. Desesperadamente. Eu queria alguém a quem me agarrar, por um tempinho. Queria sentir que alguém se importava comigo. E, acima de tudo, queria o prazer que ele podia me oferecer.

- Então, por que diabos você agiu daquele jeito?

Respirei fundo. – Eu lhe disse que sou uma ex-criminosa. Você ficou enojado por ter dormido comigo. Admita. – Eu não queria ouvi-lo dizer as palavras, mas precisava ouvi-las. Meus momentos de prazer haviam terminado e era hora de encarar a realidade.

- Eu não fiquei enojado com você. Fiquei zangado comigo mesmo, Eva. Eu deveria ter reconhecido sua inexperiência. Não o fiz. Eu queria você e não conseguia pensar nada além disso. Sim, você me surpreendeu. Eu estava com raiva, mas não de você. - Ele parou, por um minuto, antes de continuar. – Quem foi que armou pra você? Foi a sua mãe, não foi?

Olhei-o boquiaberta. – Acha que sou inocente?

Ele ergueu uma sobrancelha com arrogância. – Você não é?

- Sim. – Meu peito doeu, quando percebi que ele imaginava que eu não fosse culpada pelo crime que me deixou presa, por quase toda minha vida adulta.

Ele sacudiu os ombros. – Acredito em você.

Assim? Tão facilmente? Ele acreditava que eu era inocente? – Por quê?

Ele lentamente soltou os meus punhos, como se estivesse tranquilo, sabendo que eu não iria a lugar algum. – Porque você não me deu motivos para duvidar. Você trabalhou a maior parte da sua vida e veio até mim implorando por um emprego, para que pudesse ter um sustento. Você foi honesta, quando não precisava ser. Eu não acho que você seja capaz de ter cometido o crime que supostamente cometeu.

Ele me ajudou a sentar, mas manteve uma das mãos em minhas costas.

- Você mal me conhece – eu argumentei perplexa por ele parecer não ter dúvidas.

Ninguém jamais acreditou em mim, nem um júri com meus colegas.

- O que aconteceu?

As lágrimas ressurgiram em meus olhos e eu enlacei as mãos porque estava tremendo. Trace foi a primeira pessoa a duvidar da minha culpa e isso me tocou profundamente. – Eu não entendo por que você acredita em mim.

- Pode acreditar. Você não precisa saber o motivo. Apenas me conte o que aconteceu, Eva.

Agora ele estava falando baixinho, num tom confortante e eu finalmente senti meu corpo relaxar.

Com uma de suas mãos grandes, ele cobriu meus dedos enlaçados. – Pare de rodeios. Se você não fez nada de errado, não tem motivo para se sentir culpada.

Não era culpa que estava me deixando nervosa. Era ele. Trace me deixava inquieta, mas não de um jeito assustador. – Ninguém nunca acreditou em mim. E eu não gosto de falar sobre isso.

Eu odiava me lembrar do quão aterrorizada fiquei, de como fui enganada por uma mãe que não dava a mínima pra mim. Ela soube o que aconteceu comigo. Liguei pra ela, que negou ter qualquer coisa a ver com o crime, mas eu sabia que ela propositalmente me deixou pra levar a culpa, caso o crime fosse descoberto.

- Me fale – Trace disse, insistente.

Engoli em seco, sabendo que lhe devia uma explicação. – Minha mãe não trabalhava muito, mas arranjou uma função temporária com a Sra. Mitchell, como assistente e acompanhante, pouco antes de conhecer seu pai. Na verdade, ela conheceu seu pai porque trabalhava para a família Mitchell. Eles eram ricos. Provavelmente, não tão ricos como a sua família, mas muito bem de vida. – O que eu realmente queria dizer era que a família Mitchell provavelmente só tinha milhões ao invés de bilhões, mas, ainda assim, eles eram incrivelmente ricos. – A Sra. Mitchell apresentou seu pai à minha mãe, durante uma festa.

Virei para olhá-lo e o vi assentir, mas ele continuava em silêncio, esperando que eu prosseguisse.

- Minha mãe roubou joias muito caras de sua patroa, pouco antes do término do seu trabalho temporário, durante um evento que a Sra. Mitchell estava realizando para comemorar o aniversário do filho. Cheguei para trabalhar com minha mãe – a Sra. Mitchell me ofereceu um bom dinheiro para trabalhar à noite, ajudando. Eu estava servindo a comida e fiz parte da equipe de limpeza. Eu não podia recusar esse dinheiro extra, pelo trabalho de uma noite. Foi uma decisão da qual acabei me arrependendo.

- Como a culparam? - Trace perguntou, curioso.

Eu sacudi os ombros. – Minha mãe deixou as jóias em nosso apartamento, quando percebeu que seu pai logo assumiria um relacionamento sério com ela. Ela não se arriscaria a ser pega com as mercadorias, então as deixou, quando foi para o Texas com seu pai. Quando a Sra. Mitchell deu o alarme e o roubo estava sendo investigado, a minha mãe já tinha partido. Eles encontraram tudo em nosso apartamento e eu era a única que morava lá.

- Isso não é o suficiente...

Eu interrompi, antes que ele pudesse dizer mais alguma coisa. – A Sra. Mitchell jurou que minha mãe jamais roubaria dela. Não foi nada mal que seu pai já tivesse pedido minha mãe em casamento e ela tivesse ido para o Texas, para viver feliz para sempre. – Eu não conseguia evitar o tom de amargura em minha voz. – Acho que a Sra. Mitchell não queria acreditar que havia arranjado seu pai com uma ladra e ela não queria que isso se tornasse público. Também havia provas em vídeo.

- Você foi flagrada em vídeo?

Eu sacudi a cabeça. – Eu, não. Só podia ser a minha mãe. Naquela tarde, nós duas começamos a trabalhar usando o mesmo uniforme, mas ela mudou de roupa logo depois de chegar à mansão, porque seu pai ia à festa. Ela não queria ser vista como uma das empregadas. Acho que a família Michell nem a viu de uniforme. Eles não estavam por lá quando nós estávamos preparando as coisas.

- Ela fez isso de propósito? – a voz de Trace estava ficando irritada.

- Provavelmente.

- Então, ela pretendia jogar a culpa em você?

- Acho que ela realmente não pretendia ser pega. Ela não tentou vender as coisas logo. Estavam escondidas em seu quarto, no apartamento. Ela já havia roubado antes e nunca foi flagrada. Pequenas coisas. Roubava em lojas, miudezas. Dessa vez, ela fez algo grande, mas acho que estava amedrontada demais para levar as joias com ela, para o Texas, para ficar com seu pai.

- Que diabo aconteceu para que eles a confundissem com a sua mãe, no vídeo?

- Ninguém se lembrava de tê-la visto de uniforme e a qualidade do vídeo era ruim. Eles só conseguiram identificar o peso e altura aproximados, e a cor dos cabelos da pessoa que levou as jóias. Essa descrição combinava... comigo. Também combinava com a minha mãe. De quem você acha que eles suspeitaram, quando eu estava com todas as peças e minha mãe afastada, se casando com um homem muito rico?

- Você confrontou sua mãe?

Eu assenti. – Só ao telefone. Ela jurou que não sabia nada a respeito e me disse que eu teria de pagar pelos meus crimes, antes de me dizer que nunca mais queria falar comigo e desligar.

Meu suposto crime não era o roubo de joias; eu só era culpada por um crime: ter nascido.

- Vaca! - Trace explodiu.

Eu não tinha como discutir com ele. Minha mãe era pura maldade. Isso não era algo que eu já não soubesse. – O júri me condenou unanimemente. Eu fui pega com a mercadoria, era pobre e estava lá usando o uniforme, de acordo com a descrição no vídeo. Fui condenada a quatro anos. Por bom comportamento, eu fui solta depois de três e fiquei em liberdade condicional.

- Jesus, Eva. Como pode acontecer um equívoco como esse? – a voz dele era perplexa, mas parecia mais zangada.

- Eu estava no lugar errado, na hora errada. – Eu já tinha me conformado com o que acontecera no passado. Não tinha como mudar meu passado, ou meu destino. Eu só podia torcer para ter um futuro.

- Como você sobreviveu?

Eu sabia o que ele queria dizer. Ele queria saber como eu tinha suportado ficar na cadeia. – No começo foi difícil. Mas eu comecei a trabalhar na cozinha da instituição. Eu era bem na minha e não me envolvia em problemas. Realmente não falava com ninguém. Lia muito, todos os livros que chegassem às minhas mãos. O tempo passou. - Eu não queria ter que admitir que cada momento na prisão pareceu uma eternidade, e que ser discreta causava uma tensão com as outras mulheres. Quando finalmente deixei a cadeia, eu jurei nunca mais voltar. Eu morreria antes.

- E quando você saiu? – ele incitou.

- Eu me virava com qualquer trabalho que conseguisse arranjar. Mentia em minhas fichas de emprego ou esticava a verdade. Perdi muitas funções porque, de alguma maneira, descobriam que eu fui presa. Quando podia, eu trabalhava sem registro. Fiz o que pude para sobreviver.

Ele segurou meus ombros e me virou em sua direção. – Por que você não entrou em contato conosco, Eva? Cristo! Nós teríamos ajudado.

Olhei nos olhos dele e perguntei, secamente – Teriam? Será que teriam? Vocês nem sabiam que tinham uma meia-irmã e a última coisa que teria me ocorrido é que vocês realmente acreditariam em mim. Ninguém mais acreditava. Até a época em que meu julgamento começou a minha mãe e o seu pai já estavam mortos. Por que vocês iam querer me ajudar? Eu não sou ninguém para nenhum de vocês, que já estavam lidando com o pesar da perda de seu pai. Sabe o quão difícil foi só para conseguir entrar em seu escritório, apenas ter a chance de falar com você? Se não tivesse me confundido com outra pessoa, eu não teria conseguido nem falar com você.

Ele levantou e enfiou as mãos nos bolsos do jeans. – Tinha que haver um jeito de cuidar disso, de deixá-la fora da prisão por um crime que você não cometeu.

Sorri pra ele, quando vi sua frustração, sua preocupação pelo fato de que, no meu caso, a justiça não foi feita. – Você quer pensar que o sistema judiciário é infalível. Eu também queria pensar isso. – Infelizmente, eu descobri o quão imprevisível ele pode ser. – As minhas ilusões viraram pó, quando o veredito foi lido.

- Você só tinha dezessete anos, certo?

- Eu tinha, quando as joias foram roubadas, mas eles as encontraram no apartamento, no dia seguinte ao meu aniversário de dezoito anos. Minha mãe morreu com seu pai pouco depois que eu fui presa, então, eu fiquei sozinha. Fui julgada como uma adulta.

- Porra! – frustrado, Trace passou a mão pelo cabelo, o que o deixava ainda mais deslumbrante, de um jeito meio descabelado. Eu sabia que ele estava querendo entender o sentido de uma situação completamente injusta.

Eu conhecia essa expressão, mas ele não poderia mudar o que acontecera, mesmo sendo um Walker.

- É Dia de Ação de Graças. Deixe que eu me vista e eu vou fazer uma refeição incrível pra gente. Nós podemos esquecer o que aconteceu por um tempinho – eu sugeri, levantando para tomar um banho.

Embora eu estivesse comovida por Trace ter fé em mim, eu ainda não tinha fé alguma em mim mesma. Não queria falar sobre o meu passado.

Quando eu passei, Trace atracou meu braço e me girou. – Eu nunca vou me esquecer, Eva. Juro que vou endireitar isso.

Olhando para sua expressão enfurecida, eu quase acreditei nele. Porém, depois de tantos anos e tantos fracassos, eu sabia que não poderia escapar do meu passado. – Não importa.

Ele soltou meu braço relutante. – O cacete que não importa.

Eu sorri pra ele e me soltei. Ele não podia mudar meu passado, mas eu gostaria de fazê-lo entender o quanto sua crença em minha inocência realmente significava. Já que era impossível explicar, eu simplesmente continuei sorrindo pra ele, e segui para o chuveiro.

CAPÍTULO 8

Eva

Estava incrível, Eva. Foi a melhor refeição que já comi - Trace disse sinceramente, ao bebericar uma xícara de cappuccino, na sala de estar. Eu esfreguei a barriga, desejando ter comido mais. O banquete de Ação de Graças saiu bem e foi a melhor refeição que eu já tinha comido. Nem acho que tenha sido tanto pelas minhas habilidades culinárias, mas pela cozinha fabulosa de Trace. Ela tinha todas as conveniências e os equipamentos mais bacanas que eu já tinha usado. Imaginei que seria difícil errar uma comida, com uma cozinha dessas.

- Obrigada por me deixar cozinhar. A sua cozinha é incrível.

Ele ergueu uma sobrancelha e levou a caneca até a boca. – Você diz isso como se eu estivesse lhe fazendo um favor, não o contrário.

Na verdade, ele tinha, sim, me feito um favor. Eu adorava cozinhar e suas instalações eram o sonho de um cozinheiro. – Gostei de fazer.

Eu fiquei bem surpresa quando ele se ofereceu para ajudar a limpar e tirou a mesa enquanto eu abastecia a lavadora de louça. A tarefa parecia excessivamente doméstica para ele, mas fez com que eu gostasse ainda mais dele, por não se importar em ajudar, mesmo sendo algo que ele geralmente não fazia.

- Acho que você deve riscar o emprego em um dos resorts e seguir direto para a escola culinária. Essa é obviamente a sua paixão. Você deve seguir uma carreira – disse Trace, com uma expressão atenta.

- Não posso. Preciso desse emprego, Trace. – Cozinhar era minha paixão, mas eu era realista. Eu precisava de trabalho para sobreviver.

- Posso ajudá-la a ter o que você deveria ter tido, Eva. Quero fazer isso.

Sacudi a cabeça. – Não. Você já me ajudou bastante.

- Nada que eu faça jamais será suficiente para desfazer o passado.

- Não é sua responsabilidade tentar melhorar as coisas – eu lhe disse, calmamente.

- Sou seu meio-irmão – ele argumentou.

Uma risada escapou dos meus lábios. Se ele estava usando a carta "você é da minha família", eu sabia que estava desesperado. Ele geralmente preferia não reconhecer que era relacionado a mim, através do casamento.

Provavelmente, só porque ele acabou de transar comigo, ontem à noite.

- O que foi? Eu sou seu familiar – disse ele, teimoso.

- Não temos qualquer ligação, Trace, você sabe disso. Você não me deve nada e, mesmo que devesse, já me fez um imenso favor em me dar trabalho.

O fato de minha mãe ter se casado com o pai dele não significava absolutamente nada. Ele nem conhecera a minha mãe, portanto, não podia alegar uma ligação através dela.

- Não estou oferecendo por causa da nossa ligação. Quero fazer porque você realmente tem talento, Eva. Você deveria poder fazer o que quer.

- Você fez? – eu perguntei hesitante. Trace era bem jovem quando seu pai morreu e jovem demais para assumir as responsabilidades do mundo, como ele fazia agora. Ele sacudiu os ombros. – Em grande parte. Eu sempre soube que algum dia assumiria o lugar do meu pai. Sebastian não se interessava pelos negócios e o Dane é um artista incrível. Acho que nenhum dos dois tinha qualquer desejo de ser sucessor do meu pai.

- Você nunca quis nada diferente?

- Eu queria que as coisas fossem diferentes. Queria meu pai comigo, por muito mais tempo do que ele ficou. E queria que Dane nunca tivesse passado pela dor que ele passou. Queria tempo para obter o meu MBA e trabalhar um pouquinho mais para aperfeiçoar minhas técnicas de artes marciais. Competi um pouquinho na faculdade, mas queria... mais.

- Você é do MMA? – Certo, eu estava surpresa, mas não deveria. O cara se movia como um raio e era evidente que ele fazia exercícios.

- Só como hobby.

- Você tirou seu diploma?

- Claro. Levei um tempo, porque estava preenchendo o lugar do meu pai, na empresa, mas eu concluí.

Claro que concluiu!

Será que havia algo que Trace Walker não conseguisse fazer?

Obviamente, a única coisa que ele não conseguiu administrar foi a vida dos irmãos.

- Então, seus irmãos não fazem parte da empresa agora? – eu estava curiosa.

- Não. Sou só eu. Eu comprei a parte deles, porque eles não queriam as mesmas coisas. Ambos são homens incrivelmente ricos, mas não fazem mais parte do conglomerado Walker. Não era o que eles queriam.

- O que eles querem? *O que você quer?*

- Acho que eles estão fazendo o que querem - Trace disse, num tom sarcástico. – O Sebastian faz o mínimo possível quando envolve trabalho e o Dane mora fora da sociedade, numa ilha particular. Ele faz trabalhos encomendados, mas não faz aparições pessoais.

- Seus ferimentos são tão ruins assim? – Eu me perguntava o que teria levado Dane a se isolar completamente.

- Eu não sei. Ele é meu irmão. Nunca olhei pra ele de outro modo além de sendo da minha família. Acho que nem reparo mais em suas cicatrizes.

- Você está preocupado – eu comentei.

- Sim. – Trace pareceu relutante em admitir sua apreensão.

- Você não é responsável pela atual situação deles, assim como não teve culpa pelo acidente de avião. - Trace estava carregando o fardo do bem-estar dos irmãos e tinha de abrir mão disso. Seus irmãos eram adultos e precisavam encontrar seus próprios caminhos.

- Sou o irmão mais velho – ele disse, asperamente.

- Exatamente. Você não é pai deles. – Ele precisava entender que embora tivesse assumido o lugar do pai na empresa, seus irmãos jamais o veriam como algo além de irmão mais velho. Na verdade, eles poderiam até se ressentir com ele, por tentar endireitar suas vidas.

Eu podia facilmente enxergar todas essas questões, porque era de fora. Eu sabia que para Trace era difícil abrir mão. Ele agia como se não ligasse, mas se preocupava muito. *Demais*, talvez. Acho que pra mim, era fácil dizer levando em conta que eu não tinha ninguém. Mas eu sentia um aperto no coração pelo sofrimento que essa família já tinha passado. E, a julgar pelo pouco que Trace tinha contado, a família ainda estava abalada.

Ficamos em silêncio, por alguns minutos, Trace parecendo perdido em pensamentos. Terminei meu café e pousei a caneca na mesa de canto, ao lado da minha poltrona. Ele terminou o seu logo depois, e pôs a caneca na mesa de centro, à sua frente.

- A Britney é decididamente culpa minha – ele confessou, com uma expressão impassível. – Ela foi atrás do Dane especificamente porque eu a dispensei.

- Ela é uma cobra venenosa – eu resmunguei. – E não é culpa sua que ela tenha procurado o Dane. Isso é com ela.

Chegava a me revirar o estômago pensar que uma mulher pudesse atacar um homem tão vulnerável quanto Dane.

- Você faz parecer que nada é culpa minha. – Havia uma entonação de humor na voz de Trace.

- Tenho certeza de que você é culpado de muitas coisas, mas não dos problemas de seus irmãos. Ambos são homens ricos e adultos que podem escolher o que querem fazer.

- Então do que eu sou culpado? – agora ele tinha um tom provocador.

Você é culpado de partir meu coração, por uma família que eu ainda nem conheço.

Você é culpado de me preocupar quanto a vocês estarem todos recompostos, embora eu sempre tenha detestado o nome Walker.

Você é culpado por fazer coisas comigo e me fazer sentir emoções que eu nunca tive. E isso está começando a embolar a minha cabeça.

Respirei fundo. – Acho você incrivelmente mandão e você detesta quando as coisas não saem exatamente do jeito que você quer. Acho que seu controle é tão importante pra você, pois, se o perder, isso o tornaria menos parecido com seu pai. Aos seus olhos, isso seria imperdoável. Acho que você se preocupa com o bem estar dos seus irmãos mais do que quer admitir. E acho que você é um homem maravilhosamente generoso, mas esse é um lado seu que você não deixa ninguém ver.

- Acho que você é maluca. – Trace estava franzindo o rosto agora.

Ergui uma sobrancelha, imitando sua expressão, quando ele fica irritado. – Você acha?

Ele assentiu. – Eu sou um nojento, porque tenho de ser. Os negócios ficam difíceis.

- Você é distante porque *tem* que ser. Acha que não compreende isso? – Eu tinha passado anos sendo distante, tendo apenas livros como amigos, enquanto olhava as mesmas paredes de concreto e grades, todo santo dia. Eu entendia. Ele, obviamente, não. Pra ele, a distância não era deliberada. Era a forma como ele vivia sua vida, para se proteger.

- Talvez você entenda, sim – disse ele, rabugento. - Trace levantou e estendeu a mão. – Venha comigo.

Eu sabia que ele estava mudando de assunto por não se sentir à vontade em falar dele próprio, mas dei uma colher de chá. Ora, às vezes havia coisas com as quais eu também não queria lidar. Deixei que ele me puxasse pra ficar de pé e segui atrás, enquanto ele caminhava até seu escritório de casa.

- Você perguntou sobre o telefone celular. Eu mandei trazer algumas coisas pra você, coisas que sabia que você iria precisar.

E ele se acha um nojento? O ar sumiu dos meus pulmões, quando ele chegou ao seu destino e apontou uma pilha de pacotes que ocupava metade do chão de seu escritório. – O que você fez? – eu perguntei, sem ar.

Ele já tinha me dado um novo guarda roupa para interpretar o meu papel. Será que eu precisava disso tudo?

- Seu novo telefone. – Ele desconectou o último modelo de um iPhone de um carregador e me entregou. – Acho que tem tudo que você precisa instalado.

Peguei o celular da mão dele, no automático, ainda boquiaberta com a tonelada de coisas que ele achou que seriam necessárias pra mim.

Um laptop novo.

Uma câmera digital.

Um leitor Kindle?

Estendi a mão para pegar esse aparelho maravilhoso que era capaz de me trazer algo que eu adorava: livros ilimitados.

- Achei que você iria gostar. Eu abri uma conta pra você e abasteci com fundos de um cartão presente. Você pode comprar quantos livros quiser.

Ai. Meus. Deus. Ele passou demais da conta do que eu realmente precisava, mas me comoveu por ter ouvido, quando eu disse que adorava ler. – Trace, eu não preciso de todas essas coisas. Elas não são necessidades.

- Algumas mulheres argumentariam sobre isso – ele respondeu, secamente.

- Eu, não. Sei exatamente o que preciso para sobreviver. – Peguei outra caixa. – O que é isso? Ele sacudiu os ombros. – Joias. Se estamos noivos, eu obviamente lhe dei coisas. Presentes. Eu instantaneamente soltei a caixa, me retraindo, ao pensar em joias. – Eu não quero.

- Não faça isso, Eva. Sei como se sente quanto ao passado, mas esses são presentes.

- Joias, não. – Eu sacudi a cabeça e recuei da variedade de eletrônicos, joias e presentes.

- Sim. Se estamos juntos, eu faria com que você aceitasse cada presente que eu quisesse lhe dar. – Ele caminhou até sua mesa e trouxe uma caixinha que não parecia nova. E estendeu pra mim. – Seu anel de noivado.

Engoli em seco e tentei respirar. Não podia usar joias caras. – Não posso. – Minha voz estava falhando de emoção e as lágrimas minaram em meus olhos.

Trace abriu a caixa de veludo preto e tirou o anel. – Pode sim. – Ele pegou a minha mão e lentamente colocou o anel em meu dedo. – É necessário.

Quando ele terminou, eu estendi a mão, notando que estava tremendo. O anel era deslumbrante. Um diamante lapidado em formato de princesa, provavelmente com vários quilates, cintilando como fogo, quase cegante. – É lindo, mas é enorme. E se eu perder?

Merda, eu ficaria aterrorizada, todos os dias, se tivesse que andar com essa pedra no meu dedo.

- Ele pertenceu à minha mãe, portanto, eu preferiria que você não tirasse – ele respondeu.

Eu olhava pra ele, de queixo caído. – Ai, meu Deus. Não podemos escolher outra coisa? – O diamante gigantesco tinha valor sentimental pra ele e eu não queria ser responsável por perder algo que pertencera à sua mãe.

Ele sorriu pra mim. – Não. Eu sou o filho mais velho. Minha noiva deve usá-lo, a menos que você deteste.

- Eu não detesto – apressei-me em dizer. – É incrível. – Eu estava dizendo a verdade. O anel era magnífico, mas eu estava aterrorizada em tê-lo em meu dedo. – Mas isso significa algo pra você e eu não quero que nada aconteça com ele.

- Não vai acontecer nada. E fica bom no seu dedo. Cabe quase perfeitamente.

Sim, cabia. A mãe dele devia ter quase a mesma medida de anel. – A questão não é essa.

- Você precisa usar o anel e eu espero que use as outras coisas que eu comprei pra você. As joias são todas suas. Eu comprei.

Tentei respirar fundo para controlar meu pânico. Não podia acreditar que ele estava confiando a uma mulher que cumprira pena por roubo de joias, uma joia de herança e uma tonelada de outras pedras caras. O que ele estava pensando? Tudo bem, ele disse que confiava em mim, mas eu não tinha percebido o quanto... até agora.

Trace realmente acredita que eu jamais poderia roubar algo.

Ele sentou numa poltrona de couro marrom perto da pilha de presentes, depois pegou minha mão e me puxou para o seu colo. Eu procurei me equilibrar, mas finalmente me endireitei, com o braço de Trace em minha cintura e meus braços em volta de seu pescoço.

Olhei pra ele de cima, sentada em suas coxas, suspirando ao ver a expressão faminta em seu rosto. – Não sei se posso fazer isso.

- Você está recuando de nosso acordo? – ele rugiu, apertando o braço à minha volta.

Eu sacudi a cabeça. – Não. Mas tudo isso é surpreendente. E, por motivos óbvios, eu detesto joias.

- Isso é diferente, Eva. E eu adoro ver o anel da minha mãe em seu dedo.

- Por quê? – eu perguntei, curiosa.

- Porque isso significa que, por hora, você me pertence.

Não tive tempo para dar uma resposta, porque ele me pegou pela nuca e me puxou, capturando meus lábios num beijo nada delicado.

CAPÍTULO 9

Trace

Desde o momento em que vi o anel de minha mãe no dedo dela, eu sabia que estava ferrado. Qualquer boa intenção que eu tivera, de não pôr mais as mãos em Eva, tinha voado pela janela.

É, eu sabia que não deveria tocá-la novamente. Ela era virgem e eu já me sentia mal pelo jeito como me apossara dela, mas isso não importava mais.

Ela. É. Minha. Porra.

Minha mão deslizou por seus cabelos sedosos e eu os segurei com o punho fechado, para tentar recuperar o controle ao beijar sua boca, mas meu pau queria mergulhar dentro dela.

Meu coração batia forte e disparado em meu peito, enquanto ela gemia junto aos meus lábios, como música para meus ouvidos.

Eu queria transar com ela de novo, mas, dessa vez, bem devagarzinho, como eu deveria ter feito da última vez. O problema era que eu não tinha certeza se conseguia manter o controle com Eva. Eu queria ser seu dono: coração, corpo e alma. Queria mergulhar tão fundo nela, fazê-la se sentir tão bem que ela jamais iria querer outro homem.

De certa forma, eu já estava ferrado, desde que percebi que ela era virgem. Naquele momento, emoções primitivas me engolfaram, tomando meu bom senso. Eu só conseguia pensar que jamais iria querer que ela tivesse outro homem... só eu. Porra, talvez eu até me sentisse da mesma maneira se ela não fosse virgem. Mas esse era o grau da minha obsessão por ela.

Eu recuei do beijo e disse, junto à pele macia de seu pescoço – Eu não farei isso outra vez. Não posso transar com você de novo. - Jesus, eu detestava quando emoções mais nobres me atrapalhavam para conseguir o que eu queria.

- Por quê?

A decepção em sua voz quase me quebrou. – Não é justo com você. Eu fui um cretino ganancioso e nem pensei em perguntar se você era virgem. Deveria ter sido diferente pra você. *Deveria ter sido com um homem a quem você amasse, um cara que a fizesse sentir-se especial.*

Depois de tudo que ela tinha passado, ela merecia isso e mais.

- Mas foi, sim, do jeito que eu queria. Ninguém nunca fez com que eu me sentisse como você faz, Trace. Por favor, não lamente – ela pediu.

Esse era o problema. Na verdade, eu não estava arrependido. Eu me deleitava pelo fato de ter sido o único homem dentro dela e isso me tornava possessivo. E não me agradava me sentir assim, mas, quando se tratava de Eva, eu não conseguia evitar. – Eu não lamento – eu acabei admitindo, relutante. – E será um inferno, quando nós tivermos que dormir na mesma cama.

- Por que faríamos isso? – perguntou ela, com a voz distraída, num tom que me fez perceber que ela estava sexualmente frustrada. Eu imediatamente quis satisfazer sua carência.

- Você é minha noiva. Não acha que seria meio estranho, se não dormíssemos juntos? – Eu sabia que isso seria uma mega bandeira com meus irmãos.

- Acho que sim – disse ela, desejosa.

- Daremos um jeito – eu disse, subitamente, tirando-a vagarosamente do meu colo, antes que eu seguisse os impulsos que me bombardeavam, para tê-la outra vez.

Ela se remexeu para levantar e eu tive que me conter para não soltar um gemido, quando sua bunda deliciosa passou por cima do meu pau duro. Cristo! Precisei de toda força de vontade para não arrancar sua roupa e encaixá-la em meu colo, ali mesmo, na poltrona.

Observando-a remexendo nervosamente no cabelo, depois alisando rugas imaginárias em seu jeans e no suéter, eu senti uma súbita necessidade de protegê-la. Eva já tinha passado por muitos apuros em sua vida curta e não precisava de mais sofrimento vindo de mim.

- Vamos levar um pouco dessas coisas para o seu quarto – eu sugeri, numa voz embargada, ao levantar. Eu precisava me distrair, ou perderia a cabeça.

- É coisa demais, Trace. Eu sei que tenho que usar o anel, mas as outras coisas... – ela jogou as mãos para o ar.

Eu tive que sorrir. Que mulher não quer aceitar presentes?

Só a Eva.

E ela se perguntava por que eu confiava nela? Eu tinha mais intuição do que provas, mas apostaria a minha vida no fato de que ela não era culpada pelos supostos crimes. Minha intuição nunca me enganou. Infelizmente, eu não podia remover a dor que ela tinha sofrido no passado. Mas eu lhe daria um futuro melhor, mesmo que tivesse que brigar com ela para fazê-lo.

Eu ganharia.

Sempre ganhei.

- Você vai aceitar ou está demitida. – Eu tentei dizer num tom firme.

Ela era adorável quando punha as mãos nos quadris e erguia o queixo com teimosia. – Você não vai me demitir.

Não. Eu não faria isso. Pois me mataria não saber seu paradeiro, ou como estava indo. Mas eu não disse isso. – Não me tente – eu resmunguei.

- Eu gostaria de sair pra fazer compras, amanhã. Queria comprar presentes de Natal para os seus irmãos. Posso pegar um dos seus carros bacanas emprestado?

Eu não dava a mínima, se ela levasse o que queria e não deixei de notar que ela não concordou em aceitar meus presentes, mas ela aceitaria. Por mim, estava tudo bem em fazer o que a deixasse feliz. Exceto se eu tivesse que ficar em casa sozinho, pois a ideia não me agradava nem um pouco. Eu havia planejado ir para o escritório bem cedo, pela manhã, e voltar pra casa à tarde. A bola já estava em jogo, para investigar exatamente por que Eva estivera na prisão, e para que fossem vistas as supostas provas. Eu faria o que fosse preciso para consertar os erros que foram cometidos com ela, o mais depressa possível.

- Vou com você – eu respondi resignado. – Também não comprei os presentes para os meus irmãos ainda.

Porra! Eu detestava fazer compras. Geralmente deixava todos os presentes de Natal por conta dos meus empregados.

- Onde está sua arvore? - Eva me olhou esperançosa.

- Meus empregados ainda não armaram. – Mas eles iriam fazê-lo. Porque minha família estava vindo, eu eventualmente teria uma árvore de Natal. Essa era mais uma daquelas coisas que simplesmente apareciam, sem que eu sequer pensasse a respeito.

Sua expressão horrorizada foi quase divertida. – Você não pode deixar seus empregados armarem a sua árvore. Isso deve ser uma tradição – ela respondeu, enfaticamente.

- Sou sozinho. Que diferença faz? – A maioria dos anos, eu nem me dava ao trabalho de colocar uma árvore em casa.

- É importante. Eu sempre tive algum tipo de árvore, mesmo que tivesse de encontrar uma jogada fora e montar com enfeites feitos em casa.

Senti um nó no estômago, só em pensar em Eva menor de idade, tão sozinha, faminta e assustada. Se sua mãe já não estivesse morta, eu seria tentado a matar a cadela. – A árvore será montada.

- Ou nós poderíamos escolher a nossa e montar.

Seu tom era tão esperançoso que eu fiquei completamente destruído. Eu lhe daria tudo que ela precisasse e mais. – Se você quiser – eu concordei.

Nunca tive uma sensação melhor do que ter Eva se jogando em mim, enlaçando meu pescoço com os braços, pressionando seu corpinho inteiro junto ao meu. Passei os braços ao seu redor para equilibrá-la, depois de seu mergulho inesperado.

- Obrigada, Trace – disse ela, com lágrimas nos olhos. – Seria demais montar uma árvore nessa casa. Vai ficar incrível. Eu não tenho a chance de decorar uma árvore normal há muito tempo, desde que meu pai morreu.

Uma coisa tão pequena, com uma reação tão grande. Era quase humilhante a facilidade de fazê-la feliz. Também era bem aflitivo. Se uma árvore de Natal podia deixá-la tão feliz, isso mostrava como sua vida havia sido difícil.

- Vamos comprar uma árvore bem grande – eu disse, afagando as suas costas. Eu não tinha certeza se estava consolando ou tentando acalmar a minha raiva.

- Nem tudo que vale a pena precisa ser grande – ela recuou ligeiramente e sorriu.

É, é sou um nojento, mas não resisti. Sorri pra ela. – Às vezes, é bem mais prazeroso se for bem grande.

Ela entendeu imediatamente, como eu achei que entenderia. Ao me dar um peteleco no braço, ela respondeu insolente, revirando os olhos – Pervertido. Com você, tudo tem a ver com sacanagem?

Porra, sim. Desde que eu a conhecera. Eu nunca tinha conhecido uma mulher que me fizesse andar de um lado pro outro de pau duro, o tempo todo. Ãhã. Eu praticamente só pensava em estar dentro dela outra vez. – Praticamente tudo.

O riso contente de Eva preencheu a sala e eu senti meu coração disparado em meu peito. Jesus! Não havia nada melhor do que ouvi-la tão jovem e descontraída. Eu gostaria de fazer tudo pra ela assim, o tempo todo. Ela era jovem, mas nunca teve muito do que sorrir. Ainda assim, ela sorria de pequenas coisas, coisas que eu nem pensava.

– Você tem jornal? – o riso ainda estava em sua voz.

Eu sacudi os ombros. – Provavelmente. – Ele aparecia quando eu queria, portanto, eu imaginava que eu recebia o jornal.

– Você não sabe?

– Não. Geralmente está na mesa, de manhã. Então, imagino que seja entregue. Por que você quer?

Ela se afastou lentamente de mim e meu pau gritou em protesto.

– Liquidação de Black Friday. Eu queria ver os folhetos.

– Quem faz compras no Black Friday? – Não que eu ignorasse as super vendas, no dia seguinte ao Dia de Ação de Graças. Mas uma liquidação nunca valeu ser pisoteado só pra pegar a mercadoria. Porra, eu nem deixava os meus empregados fazerem compras pra mim, até que a loucura tivesse acalmado.

– Eu – ela disse baixinho. – Nunca tive meu próprio dinheiro. Quero fazer bons negócios na compra dos presentes.

Ela parecia tão séria que eu não ri dela. – As pessoas morrem pra fazer essas compras. – Eu não estava muito animado com a ideia de ela ser pisoteada e subitamente fiquei feliz pra cacete em acompanhá-la.

– As pessoas morrem fazendo quase qualquer coisa – ela debochou. - Pode até ser uma maluquice, mas eu acho que seria divertido fazer compras amanhã, durante todas as grandes liquidações.

Divertido? Sério?

Merda! Se isso significava que ela estaria sorrindo e gargalhando, eu estava ferrado. Eu estaria nas lojas no dia mais maluco pra fazer compras e vê-la feliz. – Tudo bem. Mas nada de esperar a loja abrir.

Ela cobriu o sorriso com a mão, mas riu de mim, assim mesmo. A bruxinha. Será que ela sabia que estava me levando a fazer coisas que eu normalmente não fazia, só para vê-la agindo como qualquer outra mulher de sua idade? Bem, talvez não as mulheres que eu conhecia, mas, provavelmente, a maioria das mulheres de vinte e poucos anos. Honestamente, eu acho que ela não tinha a menor ideia do quanto eu queria melhorar as coisas para ela. Eva não era do tipo manipuladora, ou que tirava vantagem. Ela simplesmente ficava alegre com as coisas cotidianas que nunca tivera.

\- Está bem. Nada às quatro da manhã, ou mais cedo – ela concordou. – Que tal as liquidações de seis ou sete?

Olhei para sua expressão suplicante e pronto. Seus olhos escuros eram expressivos demais, empolgados demais. Eu caí em seu olhar hipnotizante com tanta facilidade que chegava a ser assustador. – Oito horas.

Eu me comprometeria em ir, torcendo para que a maior parte da loucura tivesse terminado nas primeiras horas da madrugada.

Ninguém sentiria minha falta no escritório, já que a empresa inteira teria o dia de folga. Na verdade, eu seria o único a ir ao escritório amanhã e provavelmente seria um dia produtivo. Mas, subitamente, isso não importava.

\- Está bem – ela rapidamente concordou. – Posso usar o computador? Eu posso olhar as liquidações online.

\- É claro. O computador é seu. – Ela aceitaria, querendo ou não.

\- Eu quis dizer seu desktop.

\- Use o seu. – Eu queria que ela se acostumasse a ter suas próprias coisas.

\- Eu não tenho um.

Eu peguei o laptop novo no chão e entreguei a ela. – Vamos encontrar as liquidações. – Essas palavras eram grego para mim, mesmo ao serem pronunciadas. Eu nunca tinha procurado por produtos em liquidação, em toda minha vida.

\- Trace, eu não posso aceitar tudo isso...

\- É claro que pode – eu insisti, ficando irritado por ela não querer aceitar o que eu lhe dera.

\- Eu o magoei – ela disse baixinho. – Por favor, compreenda como eu me sinto. Não estou acostumada a isso.

- Acostume-se – eu disse a ela, numa voz geniosa que eu reservava para pessoas teimosas, o que se adequava perfeitamente a Eva.

Verifiquei se ela estava segurando firme o computador e liberei meu homem das cavernas; peguei-a no colo e carreguei pra fora da sala, antes que ela começasse a reclamar de novo.

Eu ia ganhar.

Sempre ganho.

CAPÍTULO 10

Eva

*A*s semanas seguintes que eu passei sozinha com Trace foram alguns dos melhores dias da minha vida. A árvore de Natal ficou linda. Depois que o convenci de comprar uma árvore de verdade, nós passamos uma noite maravilhosa decorando... assim que Trace descobriu como colocar as luzinhas. Essa descoberta, em particular, foi repleta de palavrões e eu ria ao vê-lo relutando com os fios de luzes. Eu ainda estava impressionada que ele próprio nunca tivesse decorado uma árvore, quando criança.

Eu tinha total acesso à cozinha e seus empregados estavam sempre prontos para comprar o que eu quisesse no mercado. Peguei seu carro emprestado e fui algumas vezes, e ele nunca hesitou em me dar as chaves de um de seus veículos caros. Eu só gostaria que ele tivesse um Chevy ou um Ford, em sua coleção, algo que não me deixasse uma pilha de nervos, ao dirigir. Infelizmente, eu fui obrigada a sair com uma Ferrari. Trace insistira que esse era o de menor valor, mas eu fiquei estressada demais para perguntar o preço. Tenho certeza de que eu não ia querer saber.

Alguns dias antes da chegada de Dane, com a nojenta da Britney, eu sentei na sala, apenas olhando a imensa árvore que nós montamos juntos. Trace estava no sofá devorando os biscoitos natalinos que eu tinha feito e, pelos gemidos extasiados que ele dava, entre uma mordida e outra, ele gostou.

Eu tinha feito café para tomarmos com os biscoitos, sabendo que a felicidade que eu vinha vivenciando nas últimas semanas estava prestes a terminar. Depois que seus irmãos chegassem, começaria a parte de representação desse trabalho. Estranhamente, não seria difícil fingir que eu gostava de Trace. Honestamente, eu estava ficando tão viciada nele que era patético. Por ser tão atraída por ele, de formas estranhas e misteriosas, a tensão sexual estava sempre presente, mas eu também simplesmente... gostava dele. Eu adorava estar com ele. Ele fazia com que eu me sentisse importante, alguém especial.

- Jesus, Eva. Nunca me deixe. Esses são os melhores biscoitos que eu já comi – disse ele, ao erguer a cabeça, depois de sua orgia com os biscoitos.

Sorri pra ele, por cima da caneca de café que eu estava segurando, da outra ponta do sofá, onde estava sentada. – Você disse isso sobre a calda de chocolate e os outros biscoitos também.

– Deus, eu adorava isso nele. Adorava que ele nem pensasse duas vezes para me elogiar por algo que ele gostava. Ou dizendo eu estava bonita, por mais desleixada que eu estivesse. Não havia um único dia que eu não recebesse algum incentivo de Trade, por um motivo ou outro, e eu não estava acostumada a ser elogiada. Isso me acalentava mais que qualquer coisa.

Ele assentiu. – Aqueles também estavam incríveis.

Revirei os olhos pra ele, mas, secretamente, eu adorava a bajulação. – Então, conte-me sobre Dane. Ele estará aqui na segunda-feira. – Era noite de sexta e eu sabia tão pouco sobre sua família. Sebastian também chegaria semana que vem e eu sentia não possuir os detalhes que uma noiva deveria ter, sobre a família de Trace.

Trace e eu conversávamos sobre pequenas coisas e ele tinha contado histórias de infância, sobre ele e os dois irmãos. Pareciam épocas felizes, mas eu estava interessada em saber o que havia acontecido desde então.

- Ele jamais sairia de sua ilha, se pudesse se safar com isso. Eu tive de convencê-lo de que ele tinha que vir pra cá no Natal. – A voz de Trace era séria, mas pontuada pela tristeza que ele não conseguia esconder.

- Você disse que nem repara nas cicatrizes dele. Mas como elas pareceriam a alguém de fora? – Eu não estava preocupada com as cicatrizes de Dane. Já tinha visto gente bem machucada e duvidava que houvesse muita coisa que me chocasse. Mas eu queria saber se ele tinha sido evitado, ou ridicularizado.

- Acho que seriam desagradáveis – disse ele, carrancudo. – Ele passou por tantas cirurgias que eu perdi a conta, mas ainda dá pra ver. Ele ficou queimado em grande parte do corpo e quebrou muitos ossos do rosto. Sarou, mas as marcas ainda estão lá.

- Ele fala a respeito?

Ele sacudiu a cabeça. – Nunca.

Certo. Lembrete: não mencione o acidente, nem as cicatrizes de Dane. – Pode deixar, não vou deixar surgir o assunto. Do que ele gosta de falar?

- Dane não é muito de falar, mas ele está sempre pronto para discutir qualquer tipo de arte.

- Não sou exatamente versada no mundo das artes – eu disse, pensativa.

- Não importa. Ele sabe puxar uma conversa educada. Ele cresceu no mundo dos ricos e superficiais.

Trace estava sorrindo pra mim e eu retribuí o sorriso. – Acho que quero apenas encontrar assuntos em comum com seus irmãos. Quero que eles gostem de mim.

- Você não precisa ser nada além de você mesma e eles vão gostar de você - Trace murmurou, despreocupado.

- Você quer dizer uma criminosa condenada que não sabe nada de conversas educadas com os super ricos?

Afinal, eu era uma impostora. Trace e eu havíamos combinado nossa história, quanto a termos nos conhecido numa festa onde eu estava ajudando no bufê. O restante estava meio vago.

- Você não é uma criminosa condenada – ele rugiu, pousando seu café e o prato vazio na mesa de centro, pra me olhar fulminante.

- Mande verificar minha ficha – eu respondi, melancólica.

- Certo – ele concordou prontamente. – Vou deixar que você faça isso.

Eu o olhei espantada, confusa, mas pulei de pé e o segui até o escritório.

Ele me sentou em sua cadeira enorme, mexendo no computador à minha frente, me abrigando entre os seus braços que estavam estendidos no teclado.

Deus, como ele tinha um cheiro bom. Fechei os olhos e inalei, sabendo que jamais me esqueceria de sua essência masculina. Dava pra sentir o cheiro leve de sândalo, mas o restante era exclusivamente o seu cheiro, e minha boca ficou aguando para tragá-lo completamente.

- Eva?

Meus olhos se abriram e eu virei pra olhar pra ele. – Desculpe. Minha cabeça... vagou.

- Insira sua informação. Esse é nosso sistema de checagem do histórico de novos funcionários. Ele capta fichas públicas. Faremos outra pesquisa, se essa busca sair limpa. Se você for criminosa, nós saberemos.

Estreitando os olhos para as letrinhas minúsculas na tela, eu rapidamente preenchi a informação solicitada.

- Mande checar – ele insistiu.

Apertei um botão para iniciar a checagem, com o coração tão disparado que nem conseguia respirar. Eu sabia o que mostraria e detestava ver aquilo por escrito. – Você sabe que vai aparecer.

Ele ficou em silêncio, focado na tela. Assim que o relatório chegou, ele estendeu o braço à minha frente e apertou o botão para imprimir. Ele pegou o papel na impressora e rapidamente olhou, depois soltou, na minha frente. – Está limpa – ele anunciou, presunçoso.

As palmas das minhas mãos suadas atracaram os papeis e eu comecei a folheá-los para ver o que ele havia impresso. Meus endereços passados estavam listados, assim como meu emprego, na época do Ensino Médio.

Não está aqui.

- Esse relatório não está completo – eu ponderei.

- Besteira. Isso capta qualquer registro criminal. Sua ficha está limpa.

Sacudi a cabeça, intrigada pelo motivo por não estar aparecendo. – Isso não é possível.

- Não está aí porque foi apagado.

Virei a cabeça para olhá-lo, boquiaberta. – Como?

- Depois que o vídeo foi esmiuçado ficou evidente que era a sua mãe e não você. Era um vídeo de merda que não provava nada, mas eu tenho tecnologia para torná-lo mais nítido. Também tive uma conversa com a Sra. Mitchell e uma discussão com a promotoria. Eu sabia que você não iria querer passar por um processo demorado, então, eu apenas... deletei de sua ficha.

Deletou? Como os anos da minha vida adulta simplesmente sumiram? - Você que fez. – Eu duvidava que a promotoria simplesmente retiraria isso da minha ficha.

- Importa como aconteceu? Já foi.

Não, na verdade, não importava. Se Trace havia conseguido esse milagre sozinho, ou se tivera assistência, ele me libertou do meu passado.

- Isso jamais irá apagar o que você teve de suportar, Eva. Mas é apenas justo que você não tenha que viver com uma ficha criminal.

- Estou livre – eu murmurei, maravilhada. – Não preciso mais me preocupar em perder um emprego novamente, por conta do meu histórico criminal.

- Não. Prometo que esse registro jamais voltará a aparecer em qualquer lugar.

As lágrimas se formaram e começaram a rolar pelo meu rosto. Como uma pessoa agradece alguém por fazer algo assim? – Não sei o que dizer. Não sei como lhe agradecer.

- Você pode começar nunca mais mencionando esse assunto e não se subestimando por ter uma ficha. Você não tem. Não mais. Ainda olhando para ele, vendo a luz verde e voraz em seus olhos, eu comecei a chorar. Não era um choro delicado, ou atraente. Os sons torturantes que escapavam da minha boca era a libertação da dor que ficara presa dentro de mim, por um bom tempo. Era quase doloroso deixar que essa angústia saísse de seu confinamento.

Trace não disse uma palavra. Ele simplesmente me ergueu da cadeira e me levou de volta para a sala, deixando que eu me libertasse de toda aquela aflição do passado.

Todo meu medo.

Toda minha dor tormentosa.

Toda minha sensação de traição.

Meu pavor de me encontrar na prisão.

Minha profunda sensação de solidão.

Enquanto eu me mantinha agarrada a ele, essas coisas realmente se tornaram parte do meu passado, um passado que não viria mais a interferir em meu futuro.

- Não posso acreditar que você tenha feito isso por mim – eu dizia, aos prantos, em seu ombro.

- Acredite. Eu faria de novo e de novo, se tivesse de fazer. – Seus braços se apertaram ao meu redor, enquanto ele balançava o corpo, me balançando junto.

- Obrigado. Eu jamais conseguiria isso sem você – eu disse, gaguejando.

- Sempre estarei aqui pra você, Eva. Você não está mais sozinha – ele respondeu, com a voz embargada.

O que Trace não sabia era que ele também não estava sozinho. Ele tinha roubado um pedaço do meu coração e da minha alma, e, bem ali, eu soube que jamais recuperaria esses pedaços.

Foi difícil dormir naquela noite. Saí da cama e fui até a cozinha, onde peguei uns biscoitos e um copo de leite. Fiquei em pé, sob a luz fraca da cozinha, devorando os biscoitos na bancada, pensando que meu passado imaculado era algo surreal demais para assimilar.

Eu sentia falta dos braços de Trace à minha volta, seu corpo forte e rijo me abrigando. Ele tinha ficado abraçado a mim por horas, até que finalmente dissemos boa noite, e agora, eu estava sozinha.

Sei que em breve eu terei que me acostumar a ser sozinha novamente. Racionalmente, eu compreendia, mas isso não diminuía o anseio do meu corpo e mente nesse momento.

Engoli o restinho do biscoito com o leite, antes de colocar o copo na lavadora de louça.

Peguei meu telefone, que finalmente tinha terminado de carregar no balcão, procurando o número de Isa. Eu enfim lhe contara a verdade, durante um longo telefonema, no começo da semana. Eu a evitara, por sentir vergonha, pois tínhamos providenciado para que eu fosse para a escola de culinária e, em vez disso, acabei indo parar na cadeia. Minha vergonha me impediu de ligar pra ela antes, mas Trace me incentivou a procurá-la. Desde que ele havia apagado o a minha ficha e provado a minha inocência, minha sensação de constrangimento tinha finalmente sumido.

Isa me confortou, me deixando falar sobre as minhas inseguranças. Ela também me incentivou a prosseguir com meus planos de estudo, já que Trace havia me dado o dinheiro para dar início. Eu não sabia exatamente o que ia fazer, mas Isa havia me oferecido apoio para qualquer coisa que eu precisasse e nós combinamos de nos encontrar para um almoço, depois das festas.

Ela sabia de tudo, até que eu tinha sentimentos por Trace. Eu não tinha admitido que havia dormido com ele, mas ela imaginava a verdade.

Você está acordada? Mandei uma pequena mensagem de texto. Estava ficando tarde, mas eu imaginei que se ela estivesse dormindo, não responderia.

Meu telefone tocou alguns segundos depois.

- Está tudo bem? – Isa perguntou, ansiosamente.

- Tudo bem. Eu não queria incomodar.

- Não está incomodando. Estou acordada, esperando o Robert. Ele teve uma emergência no trabalho.

Meu coração se encheu de alegria. Isa parecia incrivelmente feliz. – Você o ama.

- Com todo meu coração - Isa admitiu feliz. – Como está o Trace?

- Ele está bem. Na cama. Eu não conseguia dormir.

Nós ficamos batendo um papinho, por um tempo, falando sobre o que havíamos feito, na semana passada.

- Você parece estar louca pelo Trace - Isa comentou.

- Acho que estou.

- Então, não abra mão dele, Eva – ela disse séria.

- Preciso abrir, Isa. Nós não temos futuro e ele não me quer pra sempre.

Ela suspirou ao telefone. – Em alguns casos, você precisa viver um dia de cada vez. Eu também achei que eu e o Robert não tínhamos futuro. Mas, um dia, nós percebemos que não queríamos ficar separados. Isso não aconteceu da noite pro dia. Às vezes, você precisa estar aberta para deixar que as coisas brotem naturalmente.

Com Trace, eu não tinha certeza se as coisas já não tinham crescido e virado uma floresta, dentro de mim. – Ele é um bilionário e eu sou uma mulher que esteve na prisão. Que tipo de combinação maluca é essa?

- O Robert é rico e eu sou a garota da parte pobre da cidade – Isa lembrou-me.

- Mas você se melhorou...

- Exatamente como você fará. Seja paciente, Eva. Dê uma folga a você mesma. O Trace teria sorte em ter você. Não há muitas mulheres que não vão ligar somente para o dinheiro dele.

- O dinheiro dele não importa – eu admiti. – Só... ele.

- Então, vá atrás do que você quer. Deus sabe o quanto você é obstinada. Você viveu a infância e teve um mal começo na vida adulta. Merece ser feliz.

Conversamos mais um pouquinho, depois reforçarmos nossos planos de nos encontrarmos após das festas. Depois que desligamos, eu pensei sobre a conversa, imaginando se precisava ser ousada e simplesmente viver o momento, para dar uma variada.

Vá. Encontre-o. Aproveite o prazer que você puder, agora mesmo. Desfrute da fantasia, porque a realidade logo chegará com tudo.

Eu não era o tipo de mulher que vive o hoje. Mas tinha planejado meu futuro um dia, e todos esses sonhos jamais aconteceram. Talvez eu devesse aprender a viver o momento, pegar o que eu pudesse.

Nesse momento, eu precisava do Trace.

Fiquei imaginando se ele ainda me queria, mas estava bem certa de que nossa atração era mutuamente fervorosa. A tensão chegava a doer entre nós, toda vez que estávamos juntos, e isso estava pegando para nós dois. Meu corpo clamava por satisfação e eu não ficaria saciada sem ele.

Caminhei silenciosamente pela casa, encontrando o caminho até seu quarto que estava quase na escuridão. Havia algumas luminárias acesas, mas a maior parte da casa estava escura.

- Não sei se posso fazer isso – sussurrei para mim mesma, ao chegar à porta do quarto de Trace.

Ah sim, eu podia sim. Eu queria. Precisava ficar perto de Trace nesse momento e se tivesse que expor minha carência para conseguir o que desejava, eu não dava a mínima.

Virei a maçaneta e empurrei a porta, aliviada ao encontrá-la aberta. Suas cortinas não estavam fechadas e o luar iluminava seu corpo adormecido, conforme eu me aproximei da cama. Deus, como ele era lindo. Ele estava deitado de barriga pra cima, com o edredom até a cintura e eu senti uma contração por dentro, olhando o peito esculpido de Trace. Ele parecia mais relaxado dormindo, e mais sexy do que nunca. Um cacho estava caído em sua testa e eu tive que fechar o punho para não afastá-lo de seu rosto. Ele parecia uma escultura perfeitamente esculpida, sem um único defeito, e meu coração quase saltou de dentro do meu peito.

Desviei o olhar dele, sem conseguir esconder meu desejo, ou meus pensamentos carnais. Eu queria Trace Walker de um modo confuso e muito elementar. Não havia como negar. Tinha um desejo desesperado de tocá-lo, deixar que ele me tomasse do mesmo jeito que fizera algumas semanas atrás.

Antes que eu tivesse chance de pensar, eu deitei na cama, ao seu dele.

- Eva?

Tive que responder. – Sim.

- Por que você está aqui? Há algo errado? – Ele falava num tom baixo, masculino, rouco de sono, mas sua preocupação ficou logo aparente.

- Nós teremos que dormir juntos, eventualmente. Eu só pensei... – Ai, que droga, eu não sabia o que estava pensando.

Meu corpo ficou rapidamente aprisionado, quando ele disse – Não posso tê-la em minha cama, sem transar com você, Eva. Isso não é possível.

- Não posso estar aqui, sem querer que você o faça – eu admiti, com uma voz trêmula.

Trace rolou por cima de mim, me prendendo sob seu corpo pesado. Eu não conseguia ver seus olhos, mas dava pra identificar sua expressão torturada.

- Não tenho que estar com você, Eva. Mas, já que você veio aqui, duvido que eu possa mandá-la embora. Eu a quero demais.

Aquilo soou como uma ameaça, mas eu interpretei como quis. Ele me queria e só isso que me importava. – Eu quero estar com você, Trace. Não estaria aqui, se não quisesse.

- Imagino que você não tome anticoncepcional.

- Na verdade, eu tomo. Desde dezesseis anos. – A última coisa que eu precisava era de uma gravidez indesejada e, embora eu gostasse do meu bairro, era um lugar truculento. Eu tinha começado a tomar pílula tanto para evitar o imprevisível, quanto para auxiliar com minha menstruação irregular.

- Cristo! Espero que você confie em mim, que saiba que eu não ficaria com você sem camisinha, a menos que você acreditasse que eu já fui testado e estou limpo.

- Acredito em você – eu respondi ofegante. Eu confiava nele inteiramente.

- Que bom. Porque eu não tenho camisinhas. Imaginei que se jogasse tudo fora, eu não ficaria tentado a transar com você outra vez. Mas agora a sua sorte acabou – ele alertou.

Sorri pra ele, no escuro, e passei os braços em volta de seu pescoço, afagando com os dedos. – Talvez eu queira selar minha própria sorte – eu provoquei.

- Então, você se deu bem – ele virou pra baixo e cobriu minha boca com a dele.

CAPÍTULO 11

Eva

Eu me deleitava no cheiro e no tato de Trace, recusando-me a sentir culpa por ter o que eu queria. Eu sabia que não me arrependeria de estar com ele. Na verdade, eu queria, ou não estaria ali. Fui virgem por tempo demais e estava ávida para ter o torpor que só Trace podia me dar. Nossas línguas duelavam e se enroscavam, e eu sentia seu peito arfando acima de mim, quando ele pousou o corpo sobre o meu. Eu odiava a camisola de algodão entre nós e queria me livrar dela. Sentia meus seios rijos e sensíveis e só queria sentir Trace, pele com pele.

Sua boca selvagem me consumia e eu retribuía exatamente o que ele estava me dando: paixão, desespero e uma vontade inacreditável de unir nossos corpos para aliviar o anseio de meu corpo e minha alma.

Finalmente, ele recuou dos meus lábios e desceu pelo meu pescoço, fazendo uma trilha de beijos em minha pele sensível.

Eu ergui os quadris, gemendo – Preciso de você, Trace. Transe comigo.

- Dessa vez, mais devagar, meu benzinho – disse ele.

- Depressa. Com força. E o mais fundo que você puder – eu respondi, sabendo o que meu corpo precisava.

- Não. Eu não tive a chance de saboreá-la, antes. Mas, dessa vez, eu o farei, mesmo que me isso mate – ele respondeu, junto à minha pele.

Eu não queria ser saboreada. Queria ser tomada. Deixando minha mão deslizar por suas costas, eu percebi que ele estava completamente nu. A tentação de tocá-lo me fez forçar uma das mãos entre nossos corpos. – Preciso tocá-lo.

- Mas não pode, meu benzinho – ele disse. – Eu não vou me segurar. Relaxe, Eva. Deixe-me lhe mostrar como pode ser bom.

Eu suspirei e passei a mão em suas costas. – Não me sinto relaxada, me sinto desesperada – eu sussurrei.

- Eu sei. Mas vou cuidar disso.

- Quando? – minha voz era exigente.

Eu o ouvi dar uma risada, ao puxar a camisola pela minha cabeça, me deixando completamente exposta, porque eu não estava de calcinha. – logo, minha doce Eva. – Ele disse e jogou a camisola no chão.

Ele passava a língua em minha pele, me saboreando, deslizando pelo meu corpo. Quando ele segurou um dos meus seios, o ar sumiu dos meus pulmões.

Gemi, quando seu polegar acariciou um mamilo rijo, enquanto sua boca pousava sobre o outro. Meu corpo pulsava e seu toque me ateava fogo. Eu não tinha certeza se sobreviveria a essa degustação.

- Por favor, Trace. Preciso de você.

- Também preciso de você, benzinho. Só me deixe satisfazê-la.

Ele me puxou mais pra baixo, passando a língua em meu umbigo, deixando um rastro em brasa em meu ventre.

Meus dedos agarraram um punhado do lençol, quando sua respiração quente soprou em meu sexo.

- Deus, sim. – Eu quase nem consegui dizer as palavras.

Ele afastou mais as minhas pernas, me deixando toda aberta. Pegou um travesseiro e o colocou embaixo das minhas nádegas, me erguendo ao nível de seu rosto.

Então, sem hesitar, ele me devorou. Sua língua passava por todas as minhas dobras, meu âmago molhado, sorvendo meu suco, como se ele não conseguisse se saciar.

- Trace. Ai, meu Deus, por favor. – Eu precisava gozar e segurei o lençol com mais força.

Ele contornou meu clitóris com a língua, várias vezes, antes de prendê-lo entre os dentes e lamber, repetidamente.

Gritei, quando ele colocou um dedo dentro de mim, depois mais um. A sensação ardia, mas não doía. De alguma forma, ele encontrou um ponto sensível dentro de mim, meu ponto G, e começou a acariciar, com cada movimento de seus dedos.

Minhas costas arquearam, meu corpo tomado pela sensação, enquanto ele me comia com os dedos e lambia meu clitóris.

Meu clímax começou em minha barriga, onde meus músculos contraíram e eu comecei a me sentir completamente dominada. Eu precisava dele; precisava disso.

- Sim – eu gemi alto, quando senti que ia começar a gozar, num redemoinho de sensações. Fechei os olhos, me deliciando no orgasmo que vinha chegando.

Trace não parou. Ele mexia os dedos com mais força, estimulando meu clitóris, me deixando atordoada.

- Trace! – eu gritei, quando gozei com força total, um gozo que sacudiu todo meu corpo, de tanta intensidade.

Eu estremecia, com as costas arqueadas, enquanto Trace continuava, sem me deixar qualquer opção a não ser gozar com toda força.

Ofegante, eu fui voltando, enquanto ele lambia a prova do meu gozo, como se estivesse desesperado para saborear cada gota.

Não tive tempo para me recuperar. Ele virou e eu estava montada em cima dele, com as pernas ao seu redor, meu sexo ainda latejante e molhado junto ao seu abdome definido.

- Tome o que você quer, Eva - Trace disse, numa voz rouca.
– Mas, pelo amor de Deus, faça isso agora.

- Eu quero você. – Minha respiração ainda estava acelerada.
Não porque eu não tinha me recuperado, mas porque ainda estava
com muito tesão, desesperada para tê-lo dentro de mim.

- Então, faça. Não consigo esperar muito mais.

O desejo violento em sua voz me instigou ainda mais. Eu não
tinha ideia de como fazer isso, mas encontraria um jeito. – Não
sei bem o que estou fazendo. – Não que eu quisesse lembrá-lo de
minha inexperiência, mas eu precisava de sua ajuda.

Ele segurou firme em minhas nádegas. – Me guie pra
dentro de você.

Fiz o que ele pediu, com uma das mãos segurando seu
membro enorme, apontando-o pra dentro de mim. Soltei, quando
ele assumiu o controle, mexendo meu corpo, segurando em
minha bunda, me forçando a descer.

Ao descer, senti quando ele me preencheu e o vi resfolegar,
quando sentei inteiramente nele. – Sim. – Joguei a cabeça pra
trás e remexi os quadris.

- Agora, transe comigo – disse Trace, numa voz falhada.

Eu comecei a me mexer, com ele me guiando, segurando
firme em minhas nádegas.

- Ai, Deus. – Eu remexia os quadris, experimentando a
sensação dele nessa posição, me deleitando no prazer de sentir
nossos corpos ligados.

Eu me fundi a ele, quando ele me segurou no lugar, e começou
a tomar impulso pra cima, entrando em mim, repetidamente.

A cada subida de seus quadris, ele me consumia, até que eu
não conseguia pensar em mais nada, exceto em nosso desejo.
Abaixei a frente do meu corpo sobre ele, deixando meus mamilos
rijos roçarem nele, ofegante, enquanto eles eram quase que
dolorosamente estimulados por seu peito molhado.

Pousei as mãos, uma de cada lado de sua cabeça, olhando
abaixo, enquanto ele continuava em ritmo forte, entrando e

saindo. Sua expressão parecia contraída. Eu não conseguia ver bem os seus olhos, mas sabia que estavam em brasa.

- Porra, como você é apertada – ele rugia.

Levando em conta que eu era quase uma virgem, isso era bem possível.

- Estou machucando você? – ele perguntou baixinho, num tom torturado.

- Não, você é perfeito.

Abaixei a cabeça e o beijei, sentindo meu gosto em seus lábios. Foi erótico, sensual, cada momento que passamos com ardor.

Ele enfiou a mão entre nós, seus dedos massageavam meu clitóris, me fazendo começar outro orgasmo que eu achei que pudesse me matar. – Não posso. De novo, não.

- De novo – ele insistiu, gemendo, enquanto eu começava a me contrair, apertando seu pau dentro de mim. – Porra, Eva!

Nós gozamos juntos, nossos corpos ainda ligados, enquanto ele jorrava dentro de mim.

- *Bom demais* – Trace disse, com uma voz visceral.

Meu coração e meu corpo ecoavam suas palavras, mas eu não conseguia falar. Não importava que Trace estivesse literalmente me ensinando e eu não ligava se a técnica não fosse perfeita. Tudo que realmente importava era que o prazer transbordante do meu corpo seguia do caminho do meu coração.

Pousei meu peso sobre Trace, os dois se esforçavam para respirar. Em meu coração, eu sabia que no instante em que subi em sua cama, eu tinha selado meu destino, mas minha atração por Trace era tão voraz, forte demais para resistir. Eu queria acreditar que poderia viver só o hoje, mas sabia que o amanhã chegaria e eu pagaria pelo que fizéramos, com um coração partido.

Eu estava me apaixonando por Trace Walker.

Eu podia nunca ter me apaixonado, mas sabia o que não era e o jeito como eu me sentia por ele, pois era diferente de tudo que eu já tinha vivenciado. Ele era como crack, um vício do qual eu não conseguia fugir, só queria pôr as mãos nele novamente.

Fiquei descansando a cabeça em seu ombro suado, meu corpo reverberando com sua respiração ofegante. – É melhor eu levantar. – Ele poderia respirar melhor se eu chegasse para o lado. Seus braços se apertaram à minha volta, numa pegada de serpente de aço. – Não faça. Você está exatamente onde eu a preciso agora – ele insistiu, com a voz ainda embargada.

Suspirei e relaxei em seu corpo, me sentindo mais protegida do que jamais me sentira na vida. Trace se tornara a única coisa estável em minha vida, um homem que se importava comigo. Não que eu tivesse me convencido que ele me amava, mas sua pegada possessiva em meu corpo gritava que ele me queria, que gostava de mim. Eu me agarrei a isso, tentando não pensar no dia em que teria de me afastar dele.

Seus lábios roçaram levemente a minha testa. – Ei, você está bem, meu benzinho? – ele perguntou, sonolento.

- Estou bem – eu o tranquilizei. E não estava mentindo. Sentia-me feliz, contente. Contanto que não pensasse no futuro...

- Não lamento que você esteja aqui. Eu queria que você viesse, Eva. Mas tenho que saber o motivo.

Ele deixou que eu passasse para o seu lado, mas segurou meu corpo junto ao seu, me apertando com força, ao acrescentar – Nunca me deixe. – Ele mergulhou o rosto em meu cabelo, me segurando firme, possessivo.

Sua voz soava ligeiramente confusa e vulnerável. Senti um aperto no coração, ao pensar que Trace tinha suas próprias vulnerabilidades. Todos que ele tinha na vida e de quem ele gostava, o haviam deixado. Seu pai, sua mãe e, de certa forma, seus irmãos. Dane se tornara recluso e Sebastian ainda estava tentando descobrir quem ele era, com Trace tentando fazê-lo crescer mais depressa do que ele queria. Na realidade, Trace era tão sozinho quanto eu, embora tivesse dinheiro para fazer o que quisesse.

Ele não é feliz.

Eu havia sentido sua intensidade e inquietação desde o momento em que havíamos nos conhecido. Talvez, por eu me identificar com a forma como ele se sentia.

- Isso é pra ser temporário – eu sussurrei para mim mesma, bem baixinho, para que ele não me ouvisse, mesmo enquanto tragava seu cheiro almiscarado e a alegria que eu sentia em seus braços.

- Não vou a lugar nenhum – eu lhe disse, num tom mais alto.

- Bom.

Suspirei e deixei o futuro pra lá. Por causa de Trace, eu tinha esperanças, algo que, por conta do meu passado, jamais imaginei que teria. Eu não queria estragar a perfeição do "agora", pensar no amanhã.

Aninhei-me a ele e aproveitei a novidade de me sentir segura e protegida. Eu me deleitava com o fato de que agora ele me queria com ele. De algumas formas, ele precisava de mim, assim como eu dele.

Jurei a mim mesma que antes de ir embora, eu faria questão de que Trace voltasse a rir, que ele pudesse estar unido à sua família. Eu queria fazê-lo tão feliz quanto ele me fizera nas últimas semanas. Ele merecia, e tudo que eu tinha que dar era eu mesma, meu coração.

Sua respiração começou a ficar relaxada e contínua, e eu vi que ele estava dormindo. Inclinando a cabeça, dei um beijo em seu queixo e me deixei embarcar numa soneca confortável, nossos corpos enlaçados como se nunca fossem se separar outra vez.

CAPÍTULO 12
Trace

Ela.

Tum!

É.

Tum. Tum!

Minha.

Tum!

Porra!

Tum. Tum. Tum!

Depois de socar o saco de areia por mais de uma hora, eu parei. Infelizmente, eu não tinha diminuído a possessividade voraz dentro de mim, desde que eu transara com Eva, na noite anterior.

Estava ferrado, completamente viciado nela, e nem por um cacete ela iria embora. Ela era com luz para minha alma escura e eu estava gostando da luminosidade e do calor. Agora eu precisava dela e não podia deixá-la partir.

Passei uma das mãos enluvadas na testa. Estava suando feito um porco, mas não queria parar de extravasar minhas frustrações em meu pseudo-adversário. Eu temia perder o juízo, se o fizesse.

- Tenho que ir – resmunguei irritado, pegando uma toalha, ao seguir para o chuveiro.

Eva e eu deveríamos sair de casa em breve. Eu já havia me comprometido a participar da festa de Natal da empresa e não pegaria bem se o chefe não aparecesse. Honestamente, eu preferia ficar em casa e levar Eva pra cama, transar com ela até recuperar o sentido.

- Não posso. – Minha voz estava falhada e baixa quando abri a água do chuveiro da academia, enquanto eu falava comigo mesmo. Jesus! Eu estava, mesmo, falando sozinho, como se fosse um dementado.

Entrei na água fria sem piscar. Estava me acostumando. Eu nunca tinha precisado de banho frio até conhecê-la. Agora eu já estava estranhando a sensação da água morna.

Mexendo em meu pau duro, eu só queria me aliviar, mas já sabia que isso não ajudaria. O alívio nunca durava mais de alguns minutos. Bastava vê-la para que ficasse outra vez de pau duro, como se nem tivesse gozado.

- Porra! – Eu me esfregava sem dó, tentando tirar o cheiro dela dos meus poros. Não adiantava.

Não que eu desgostasse de Eva. Que inferno, eu estava obcecado por ela. Mas eu não gostava de precisar de ninguém e certamente não queria sentir a necessidade de estar com ela pra conseguir respirar. Era uma situação irremediável e eu também detestava isso.

Pela primeira vez em muito tempo, as minhas emoções estavam fugindo ao controle. Hoje eu tinha tentado ficar longe dela, certo de que conseguiria colocar a cabeça no lugar. Depois de trabalhar um pouco em meu escritório, eu liguei pro Dane e pro Sebastian pra saber a que horas eles chegariam. Finalmente, desci até aqui, ao único lugar onde eu imaginava conseguir tirar Eva da cabeça.

Ao terminar, fechei o chuveiro e peguei uma toalha. Enquanto eu rapidamente me secava, fiquei imaginando o que havia nela que me impedia de ter um único pensamento que não fosse de nós dois nus.

Não é somente o sexo.

Não. Não era. Se minha atração por Eva fosse apenas carnal, a essa altura, já teria passado. Mesmo agora, eu estava imaginando o que ela estaria fazendo. Acima de tudo, eu queria ficar perto dela, respirar o mesmo ar que ela.

Joguei a toalha no cesto aberto. – Devo estar ficando maluco, porra – eu disse, temendo por minha sanidade.

Eu não conseguia tirá-la da cabeça; não conseguia ficar perto dela, sem que minhas emoções extrapolassem.

Irritado comigo mesmo, eu subi correndo até meu quarto, incerto se estava decepcionado ou aliviado por encontrar o quarto vazio. Eu queria que Eva estivesse ali. Queria que ela invadisse a minha vida do jeito que só uma mulher poderia fazer.

Depois de olhar o relógio, eu me vesti depressa, percebendo que já deveria ter saído. Não que isso realmente importasse. Ninguém da minha equipe precisava de mim para se divertir no elegante clube de campo onde seriam realizadas as festividades.

Mas eu detestava me atrasar. Nunca me atrasava.

Logo vesti meu smoking preto e fiquei pronto em tempo recorde. Saí do quarto sem olhar pra trás, sem querer que meus olhos pousassem na imensa cama king, onde eu tinha transado com Eva na véspera, como se a minha vida dependesse disso.

Ao sair apressado, eu quase colidi nela, ao entrar no corredor. Eu a segurei, no instante em que seu corpo trombou com o meu.

- Desculpe o atraso. – Nós dissemos, ao mesmo tempo.

Não pude deixar de sorrir, quando ela deu um passo atrás.

Levei a mão à gola da minha camisa social branca, para dar uma puxadinha, subitamente me sentindo aquecido. Meus olhos devoraram Eva, seu corpo feminino e curvilíneo, com o mesmo vestido vermelho que me assombrou, desde o dia em que eu a vira algumas semanas atrás. – Você vai vestida assim?

O rosto dela murchou. – Sim. Você disse que era formal. Ficou ruim em mim?

- Não. – Ela estava incrivelmente sensual, o tecido sedoso colado ao seu corpo, em lugares que provavelmente deveria ser ilegal. Pelos padrões atuais, o vestido era modesto, mas eu sabia que deixava suas costas nuas, e o belo contorno de seu pescoço de fora. Havia muito de sua bela pele clara à mostra e eu odiava isso. – Você está linda.

Seus cabelos estavam presos, num estilo elegante, no alto da cabeça. A maquiagem estava perfeita e não havia nada fora do lugar.

- Obrigada. – Ela remexeu no vestido, nervosa.

- Não faça isso. Você está perfeita.

Ela parou de brincar com o traje para me olhar, com os olhos brilhando de incerteza. – Acha, mesmo? Você não pareceu muito certo.

- Estou com ciúmes. Não quero nenhum outro homem vendo você com esse vestido. Tenho medo que alguém roube você de mim. – Eu estava sendo honesto. Não queria que ela ficasse constrangida, quando estava apenas começando a ser confiante.

Seu sorriso valeu minha confissão. – Você é o maior conversa-mole – ela me disse, dando uma risada. – Mas eu adoro.

Ela pegou o braço que eu estendi e eu a conduzi escada abaixo, sem jamais admitir ter falado completamente sério sobre meus temores.

Se eu tivesse alguma preocupação quanto a Eva se entrosar com meus funcionários – o que, na verdade, eu não tinha – qualquer dúvida teria se dissipado, enquanto eu a observava em seu lugar, ao meu lado, no jantar. Seu sorriso era genuíno e seu interesse pelas pessoas era sincero. Era como se meus conhecidos sentissem que ela realmente estava interessada em suas vidas. E não tinham qualquer problema em falar sobre eles mesmos.

Não havia nada ensaiado ou falsamente educado, em relação a Eva. As pessoas eram naturalmente atraídas por seu sorriso. Eu me identificava com isso. Meu pau estava continuamente duro, de tanto que aquele sorriso me afetava.

Depois do jantar, as pessoas haviam se agrupado, a maioria amigos da mesma área de trabalho, ou funcionários do mesmo departamento.

Eu estava tentando parecer interessado no que o vice-presidente da Walker Corp estava me dizendo, mas não queria ouvir falar de trabalho. Pelo amor de Deus, era uma festa de Natal. Será que ele não conseguia calar a porra da boca e parar de falar de trabalho, pelo menos cinco minutos?

Acabei erguendo a mão para calá-lo. – É uma festa natalina, Turner. Será que não podemos deixar os negócios de lado, por uma noite?

- É claro, senhor – ele respondeu, nervosamente. – Só achei que quisesse saber dos números desse acordo.

Sacudi a cabeça e olhei para a expressão sincera no rosto do homem. Ele era um trabalhador árduo e um executivo em minha empresa. Como eu podia saber tão pouco sobre sua vida? – Onde está sua esposa, Turner?

- Não tenho certeza. Acho que ela está com algumas outras esposas.

- Sugiro que você vá pegar um drinque pra ela – não era realmente uma sugestão. Minha voz saiu bem insistente. – Podemos discutir sobre os negócios na semana que vem. Divirta-se, Turner. E relaxe um pouquinho, cara. Tire um tempo para ficar com a sua família.

Eu sabia que ele tinha dois filhos e uma bela esposa que faria qualquer coisa por ele. Era um cara de sorte.

Ele subitamente concordou. *Homem esperto.* Não é pra menos que eu o transformei em vice-presidente. – Obrigado, senhor. – Ele hesitou, antes de acrescentar – Feliz Natal, Sr. Walker.

Nossa, o cara estava quase gaguejando. Será que eu sempre fui um miserável tão grande? – Feliz Natal, Turner.

Observei, pensativo, enquanto Turner se afastava para procurar a esposa. Eu sabia de cada detalhe do que meus empregados faziam e do que cuidavam, no trabalho. Achei estranho não saber nem a idade dos filhos de Turner. Ao pensar nisso, vi que não sabia praticamente nada da vida pessoal de *nenhum* dos meus executivos. Talvez, por eu nunca ter me dado ao trabalho de perguntar. Meus negócios funcionavam como um navio conduzido atentamente e eu era o capitão babaca. Habitualmente, isso não me incomodava, mas eu tinha visto Eva descobrir mais coisas dos meus funcionários, durante um jantar, do que eu havia descoberto, ao longo de anos, e isso era bem patético.

Não que eu não ligasse para as pessoas que trabalhavam pra mim. Mas eu fui tão envolvido pela administração eficiente da empresa que não sobrava espaço em minha vida para mais nada. Ou talvez eu temesse fazer amizade com algum deles. Droga, eu não sabia por que eu era um babaca, eu simplesmente era.

Dei um gole em meu uísque com gelo e olhei para Eva. Eu estava do outro lado da sala e ela se envolvera numa conversa com algumas secretárias do Departamento de Contratos. Ela não estava prestando a menor atenção em mim, mas eu me senti como se ela inconscientemente me chamasse, me atraindo para perto com cada um de seus gestos animados, a expressão adorável em seu rosto.

Assim que Eva nascera para ser: feliz, expressiva e amistosa com todos que faziam contato com ela. Assim que sua vida deveria ter sido... mas não foi.

Eu soube quem ela avistara, no minuto em que vi a mudança em sua fisionomia. Seus braços, que estava fazendo movimentos expressivos, caíram em suas laterais e seu rosto ficou cauteloso, seu corpo ficou tenso, quando ela olhou à direita, do outro lado da sala.

Talvez eu não devesse tê-la convidado para vir aqui. Talvez tenha sido um erro.

Ver a luz dos olhos de Eva se apagar me matava, mas havia coisas que ela merecia saber e eu convidara a Sra. Mitchell, por esse motivo específico. Ela tinha me implorado para ter a chance de conversar com Eva pessoalmente, mas, de jeito algum eu deixaria que minha privacidade – e a de Eva – fosse invadida, em minha casa. Eva estava protegida e eu queria que ela continuasse a se sentir assim, em meu lar. Mas, depois de descobrir detalhes sobre os pais de Eva, eu também compreendia que ela tinha de saber toda a verdade.

- Merda! Espero não me arrepender disso – eu disse, baixinho, sem que ninguém por perto notasse.

Dei outra golada em meu uísque, olhando atentamente para as duas, conforme a mulher mais velha abria caminho por entre a aglomeração, em direção a Eva. Ela lentamente puxou Eva pra longe das mulheres com quem ela estava falando, e eu vi um lampejo de teimosia no rosto da minha doce garota, o que me fez sorrir.

Ela sabe se cuidar.

Sim, eu sabia que Eva poderia se defender, mas queria ir até ela, pois sabia que quando visse sua acusadora, ela ficaria vulnerável. No entanto, eu havia prometido a Nora Mitchell alguns minutos com Eva, se a encontrasse aqui, essa noite. Eu queria que Eva tivesse um território neutro, um local de onde ela não guardasse lembranças ruins de sua discussão com Nora.

Deu pra notar que o confronto inicial não estava indo bem. Eva parecia claramente injuriada e Nora Mitchell parecia chorosa.

Soltei o ar que nem sabia que estava prendendo, quando Nora pegou levemente o braço de Eva e lançou um olhar suplicante, fazendo com que Eva virasse e fosse atrás dela.

Se ela magoasse Eva, se dissesse uma palavra que a deixasse aborrecida, eu jurei que Nora Mitchell se arrependeria pelo resto de sua vida.

Inquieto, eu atravessei a sala, meus olhos inconscientemente procurando por Eva. Eu não a via, mas sabia que as duas tinham encontrado algum lugar privativo para conversar.

Vou esperar. Eu prometi dar tempo a Nora.

Honestamente, eu não dava a mínima para a promessa que fizera, mas torcia que a discussão desse a Eva uma sensação conclusiva quanto ao seu passado. No fim das contas, pra mim, isso só tinha a ver com Eva e eu silenciosamente torcia para que tivesse feito a coisa certa.

CAPÍTULO 13

Eva

Eu realmente não deveria ter ficado surpresa, quando vi a mulher que mais odeio surgir na festa dos Walker. O que realmente me chocou foi que, ao se aproximar de mim, ela pediu para falar comigo em particular. A única coisa que me ocorreu foi que ela me daria um alerta, quanto a me expor, caso eu voltasse a mostrar a minha cara em seu círculo social.

Eu me preparei para o sermão, quando ela me levou a uma salinha vazia, tão sofisticada quanto o restante do clube.

- Por favor, sente-se – disse ela.

- Prefiro ficar de pé – eu respondi tensa, ao soltar meu braço de sua leve pegada. Eu duvidava que ela fosse demorar muito.

É uma história bem comprida, Evangelina. Por favor. – Ela sentou-se num sofá dourado e gesticulou para que eu me sentasse na poltrona à sua frente.

Ninguém nunca me chamou pelo meu nome e isso chamou minha atenção. Eu me sentei, meio sem jeito, na beirada da cadeira, pronta para sair da sala correndo, se ela começasse com alguma arenga.

A quem eu estava querendo enganar? Esse encontro me fez perceber que embora minha ficha estivesse limpa, eu jamais estaria livre do meu passado.

A pena cumprida na cadeia tinha seu jeito de alcançar a pessoa, sendo ou não culpada. Aos olhos de algumas pessoas, eu sempre seria uma ladra, uma criminosa condenada. Meu olhar se ergueu do chão. Eu não tinha culpa de nada e não tinha qualquer motivo para temer ainda essa mulher. Ainda assim, nosso confronto me deixou nauseada.

Eu mal conhecia Nora Mitchell, só a encontrara rapidamente, uma vez, na festa de aniversário de seu filho. Ela nem foi ao meu julgamento, mas deu uma declaração por escrito. À época, ela estaria supostamente doente demais para comparecer pessoalmente. Ela era uma mulher atraente para sua idade, aparentava ter cerca de sessenta anos. Ao contrário de algumas mulheres ricas, ela não procurava esconder a idade tingindo os cabelos, usava um estilo curto, com um belo tom grisalho. Seu vestido era azul claro, elegante, em lugar de ostentoso, e ela estava usando algumas das joias que haviam sumido, fazendo com que eu me encolhesse ao reconhecer as pedras.

- Primeiro, eu quero me desculpar com você. Eu a acusei sem saber de todos os fatos.

Certo. Ela me chocou e eu estava bem certa de que meu queixo estava caído, enquanto eu a olhava, silenciosamente.

Ela continuou – Eu não quis acreditar que Karen poderia me roubar, quando deveria ser perfeitamente óbvio que ela o fizera. Eu só conseguia pensar em protegê-la. Tudo que sempre tentei fazer foi protegê-la.

- Eu não compreendo. – Por que Nora Mitchell se importaria com a minha mãe? Ela tinha sido uma acompanhante temporária, por um período bem curto.

- Karen foi minha única filha, Evangelina. Sua mãe era minha filha.

Pousei a mão na barriga, que começou a revirar. – Isso é impossível. Minha mãe dizia que seus pais não a aceitavam, nem sua gravidez de mim. Ela dizia que os pais haviam lavado as mãos, em relação a ela.

A Sra. Mitchell sacudiu a cabeça, com uma expressão de remorso no rosto. – Seu avô era um homem duro e não era fácil viver com ele. É verdade que ele cortou relações com Karen e nunca mais voltou a falar com ela, e tampouco permitia que eu a visse. Depois que ele morreu, eu procurei você e sua mãe e voltei a me casar com um homem mais bondoso. Mas não consegui encontrá-la. Acabei me convencendo de que seria melhor se eu não soubesse.

Essa afirmação magoou porque eu não entendia como alguém poderia tão facilmente se esquecer que tinha uma filha e uma neta, em algum lugar do mundo, mas deixei a emoção passar. Isso não tinha mais importância e eu estava tentando assimilar as suas afirmações. – Ela sabia quem a senhora era, quando foi trabalhar em sua casa?

Nora assentiu. – Ela sabia, mas disse que não queria que eu lhe desse nada. Só estava lá por um emprego. Como não consegui uma ligação com ela de nenhum outro modo, deixei que ela ficasse na função. – Eu queria conhecer você, motivo pelo qual ela lhe trouxe ao trabalho, na festa de aniversário do meu enteado.

- Enteado? – eu não sabia que ele não era seu filho biológico.

- Tenho três enteados. Dois meninos e uma menina. Amo todos eles como se fossem meus. Mas nunca me esqueci de sua mãe.

O ressentimento começou a borbulhar em meu estômago e eu o contive. – Mas, aparentemente, esqueceu-se de que tinha uma neta – eu respondi, secamente.

- Não me esqueci, Evangelina. Mesmo depois que me convenci de que você era culpada, eu não ia dizer nem uma palavra, mas tive de dizer.

Bem, isso explicava por que tinha demorado um tempo, até que a Sra. Mitchell percebesse que as joias haviam sumido. – Ia encobrir por mim?

Ela assentiu, balançando nervosamente os cabelos grisalhos.

– Como sempre fiz por sua mãe.

- O que quer dizer?

- Sua mãe nunca foi uma criança fácil e ficou ainda mais arredia quando se tornou adolescente. Se ela se envolvesse em problemas, eu ajudava e nunca contava ao pai dela. Mais tarde, depois que ela foi embora e o pai morreu, eu passei a ler muita coisa sobre saúde mental. Acredito que ela tenha sido bipolar e também teve outros problemas, por ser criada pelo meu primeiro marido. Ele era agressivo, tanto mental quanto fisicamente. Eu me culpo por isso. Fiquei com ele e Karen teve de conviver com aquilo.

- Você está dando desculpas por ela? – eu perguntei, amarga, sabendo que não havia espaço em meu coração para perdoar a minha mãe.

- Não mais. Só quero que você entenda o que aconteceu com ela.

- Meu pai era um homem bom. Ele trabalhava muito para nos dar um teto. Talvez não tivéssemos as coisas materiais que ela tinha quando morava em casa, mas o meu pai a amava, mesmo quando ela o tratava como lixo. – Na verdade, essa era a única maneira como ela sempre tratou meu pai.

- Eu nunca o conheci, mas tenho certeza de que ele era um bom homem. Mas o pai de sua mãe se preocupava muito com sua imagem e recusou-se a tê-la descasada e grávida em nossa casa. Eu sei que isso não era certo e me senti impotente quando ele a pôs pra fora, grávida, mas eu torcia para que ela talvez ficasse melhor fora de casa. – O que a Sra. Mitchell não mencionou foi o fato de que eu era uma criança mestiça. Mas nem precisava. Era óbvio que se eu tivesse um pedigree melhor, teria sido prontamente aceita.

- Ela nunca mudou. Fora de sua casa era como tinha sido lá. Talvez fosse bipolar, mas era uma sociopata. Tudo girava ao seu redor e se as coisas não fossem do seu jeito, ela infernizava a vida de todos ao seu redor.

- Percebi isso depois de algum tempo, quando ela ficou como minha acompanhante – concordou a Sra. Mitchell. – Implorei para que ela buscasse tratamento para seus problemas de saúde mental, mas ela se recusou.

- Por que motivo desse mundo, a senhora deixou que ela se envolvesse com o pai de Trace? – Homem algum merecia minha mãe e, pelos relatos de Trace, seu pai havia sido um bom homem.

- Eu me sentia culpada pela vida que Karen viveu quando era mais jovem. Achei que se talvez tivesse um bom casamento, ela melhoraria – disse a Sra. Mitchell, contrariada.

- Ela era egoísta, era uma ladra e uma mentirosa. O pai de Trace não merecia se ver empacado com ela, sem saber exatamente com quem estava se envolvendo.

- Sei de todas essas coisas, mas isso não apagava o fato de que ela era minha garotinha, minha única filha. Eu dava desculpas por ela, quando ela era mais jovem. Acho que eu ainda estava tentando torná-la uma mulher melhor do que realmente era. Logo eu, que sabia que ela não era certa da cabeça. Mas eu não queria admitir isso.

Lágrimas de remorso escorriam pelo rosto de Nora Mitchell, mas, quando eu pensei no pavor que vivi, em grande parte da minha vida adulta, eu tinha muita dificuldade para sentir compaixão por ela. – Então, eu pude ser sacrificada para protegê-la? – eu perguntei, secamente.

- Não. E não deveria ter sido. Mas eu levei um bom tempo para ser honesta comigo mesma.

Eu cerrei os dentes. – Quando? Quando decidiu enxergar a verdade?

Nora remexeu a bolsa volumosa que estava usando e tirou algo de dentro. – Quando Trace veio me procurar, querendo respostas, eu finalmente li seu diário. Ela o deixou em minha casa, quando foi se casar com seu pai. Trace me mostrou o vídeo e me disse o que acreditava ser a verdade. Ele estava certo.

Fiquei olhando o caderno preto. Ela estava me ofertando, mas não tinha certeza se queria aceitar.

Ela o soltou na mesinha de centro entre nós. – Eu lamento muito, Evangelina. Eu deveria saber que foi Karen. Mas achei que ela iria se casar com o pai de Trace e que tudo ficaria bem pra ela.

- E quanto a mim?

- Convenci a mim mesma de que você era culpada e merecia passar um tempo na prisão.

- Mas não fui eu. Nunca roubei nada na minha vida, exceto comida jogada fora, ocasionalmente. – Eu tinha feito o que foi preciso para sobreviver, mas sempre odiei isso. Mesmo sendo lixo, não era o meu lixo e eu não deveria estar pegando nada que não me pertencesse. Mas a sobrevivência é um instinto forte contra o qual lutar.

- Eu entendo. Não espero que você me perdoe, mas queria que você soubesse que eu lamento. – A mulher caiu em prantos, com uma das mãos fechadas cobrindo a boca, como se quisesse esconder o fato de que estava chorando.

Eu olhava, enquanto as lágrimas escorriam pelo seu rosto e senti um aperto no coração. Levantei e caminhei até sua poltrona. Agachei e peguei a mão que estava pousada em sua perna. – Ela não vale isso, sabe.

- Quem? – perguntou a voz falhada da Sra. Mitchell.

- Minha mãe. Ela não é digna da dor que a senhora carrega. Provavelmente, nunca foi.

- Não estou chorando por causa dela – ela respondeu, em meio às lágrimas. – Estou triste por você.

Eu não queria a piedade dessa mulher. – Não faça isso. Agora eu estou segura. Trace me ajudou de maneiras que ninguém mais poderia, ou faria. Ele confiou em mim.

- Trace Walker é um bom homem, Evangelina. – Ela afagou o diamante no meu dedo. – Fico contente que você será feliz. Ficou bem óbvio pra mim que ele a ama.

Eu engoli a negação, percebendo que Trace não contou a ela a verdade sobre o nosso noivado. Ele não me amava, mas gostava de mim. – Ele é um homem intenso – eu respondi vagamente.

Nora fungou. – Às vezes, esses são os melhores. Eu já enterrei dois maridos. E sei a diferença entre um relacionamento bom e um ruim.

- Foi o Trace que combinou esse encontro? – eu estava bem convencida de que a presença de Nora ali era mais que uma coincidência.

- Sim. Ele não gostou, mas concordou que você deveria saber a verdade.

- A verdade o libertará – eu murmurei, duvidando que a citação bíblica fosse a minha situação. – Fico contente que tenha me contado.

Eu levantei e delicadamente pousei a mão dela de volta em sua coxa.

- Desculpe – ele murmurou novamente.

Olhei para ela, abaixo, e percebi que ela tinha sido tão vítima quanto eu. Embora seus motivos fossem distorcidos, ela estava tentando consertar seus erros. Ela não precisava estar ali, me contando a verdade. Podia passar o resto da vida em negação, deixando que eu levasse a culpa para sempre, em sua cabeça. Teria sido mais fácil e gentil para sua psique.

- Tudo bem – eu disse, baixinho. – Eu sobrevivi.

- Você deveria ter tido muito mais que a sobrevivência.

Peguei o diário de minha mãe, sabendo que precisava ler.

– Eu tive. Tive meu pai, por quatorze anos. Ele foi mais que o suficiente.

- Você realmente o amava – afirmou a Sra. Mitchell.

Eu assenti. – Realmente. Obrigada por me contar a verdade.

- Eu gostaria de fazer parte de sua vida, algum dia, Evangelina. Você se tornou uma mulher incrível.

Houve uma época, em que eu teria dado qualquer coisa para ouvir isso de alguém da família. Agora, minha mente estava entulhada de informação e eu ainda estava tentando processar os detalhes que me foram dados. – Preciso de tempo para pensar.

Ela assentiu mais uma vez. – É claro. Ligue, depois que você tiver tido tempo de repensar. Eu vou entender se você não ligar.

– Ela assentiu na direção do diário de minha mãe. – Isso será difícil de ler. Ela estava muito zangada. Caminhei até a porta e girei a maçaneta. – Nada que eu não seja habituada – eu a informei, depois saí porta afora.

Trace estava ali para me apoiar, com o braço em volta da minha cintura. – Você está bem?

Sua expressão era indecifrável, mas eu sabia que ele estava me perguntando se eu conseguia aceitar o que me havia sido dito. – Eu não sei.

Ao me conduzir até o elevador, ele não disse uma palavra, nem a mim, nem para ninguém, no caminho da saída.

Esperei até que as portas do elevador se fechassem e me encolhi em seus braços, antes de começar a chorar.

CAPÍTULO 14

Eva

Comecei a entrar em pânico quando a porta foi lentamente se fechando em meu rosto, e depois que ela bateu, ruidosamente, me trancando ali dentro. O caráter decisivo daquele som ecoou a resignação em minha alma.

Eu passaria anos nesse lugar, pagaria por um crime que não tinha cometido.

Com o coração disparado, eu tentei conter a histeria, ao erguer as mãos e agarrar as grades de ferro.

Sou inocente!

Preciso sair daqui!

Ali não era meu lugar, mas a justiça não tinha lugar em meu destino.

Não que eu nunca tivesse estado ali. Tive que ficar presa aguardando meu julgamento. Mas isso era diferente. Eu não estava esperando ser solta por ter sido inocentada.

Eu havia sido culpada e condenada a quatro anos. Como isso foi acontecer?

O pavor me agarrava com mãos suarentas e um frio percorreu minha espinha.

Eu não sairia.

Não sairia por muito tempo.

Minha situação era surreal, mas eu estava rapidamente assimilando a realidade.

- Sou inocente – eu sussurrava freneticamente, para mim mesma, mas palavras eram fúteis. Não havia uma única pessoa que acreditasse em minha inocência. Dali em diante, mesmo quando eu saísse, eu seria uma criminosa condenada.

- Não. Por favor. Eu sou inocente. – Minha voz foi subindo de volume e ficando mais histérica.

O choro desesperado escapava de minha boca e eu deslizei até ficar de joelhos, minhas mãos escorrendo pelas grades, sentindo-me desesperada.

- Não! Não! Não! – eu gritava, esperando que alguém ouvisse, para que alguém se importasse. – Nãããããão!

- Eva! – uma voz séria e masculina penetrou meu cérebro enevoado, em pânico.

- Trace? – as lágrimas escorriam pelo meu rosto e meu corpo tremia, quando sentei na cama.

- Jesus! – eu achei que você não fosse acordar. – Ele passou os braços em volta do meu corpo nu.

Um sonho. Foi só um sonho. Eu estava fora da prisão e Trace acreditava que eu era inocente. Na verdade, ele havia provado isso.

Relaxei em seu corpo, ainda ligeiramente confusa no quarto escuro, embora soubesse que estávamos na cama. – Desculpe – eu murmurei junto ao seu peito nu.

- Sonho ruim?

Eu assenti, embora soubesse que ele não podia me ver. – Sim. Já faz tempo que não tenho pesadelos. – Imaginei que ter visto Nora tivesse engatilhado a dor que ainda estava lá no fundo.

- Sobre sua pena?

- Sim. Fiquei aterrorizada logo que fui presa. Eu não conseguia acreditar que aquilo realmente estivesse acontecendo.

- Achou que a Justiça nunca falha?

- Por algum motivo, eu confiava que eles descobririam a verdade. Mas nunca procuraram. Eu parecia culpada, então, ninguém nunca se deu ao trabalho. – Eu não tinha certeza se podia realmente culpá-los. O caso parecia bem claro e simples.

- Isso tem a ver com a sua avó, não é? – Trace perguntou.

- Mais ou menos... sim. Mas ela também achou que eu fosse culpada.

- Porra! Eu deveria ter simplesmente dito não a ela. Não deveria ter forçado isso em você.

- Não, não deveria. Fiquei zangada com você, mas entendo seus motivos. Se você tivesse perguntado, eu teria recusado. E acho que eu precisava ouvir a história dela.

Quando Trace e eu deixamos a festa, eu quase não falei. Embora inicialmente eu tivesse me apoiado nele, acabei ficando zangada por ele ter arranjado o encontro com a Sra. Mitchell. Tirei a roupa e deitei na cama, antes dele. Emocionalmente exausta, eu tinha caído no sono antes que ele viesse se deitar.

- A última coisa que eu queria era lhe causar mais sofrimento, Eva. – Sua voz estava cheia de remorso, quando ele inconscientemente me acalmava, afagando as minhas costas.

- Eu sei. – Eu suspirei, sabendo que Trace estava acostumado a fazer o que achava melhor. – Mas eu gostaria de ser avisada, se você algum dia fizer algo parecido outra vez.

- Combinado. – Ele logo concordou.

Ele me abaixou de volta ao travesseiro e meus olhos tremularam de sono.

- Durma, meu benzinho. Conversaremos amanhã. – Ele pousou um braço sobre a minha cintura, possessivo.

Por eu ainda estar em frangalhos, obedeci sua ordem e dormi.

Quando abri novamente os olhos, ainda estava escuro. Por um instante, fiquei imaginando por que eu teria acordado tão subitamente, mas só levei um momento para entender que meu corpo excitado se recusava a continuar dormindo.

Ai, meu Deus.

Senti o corpo quente e rijo de Trace junto às minhas costas, uma ereção imensa encostada em minha bunda nua. Ele tinha me puxado para junto dele. Com força. Uma de suas mãos estava sobre minha barriga. A outra...

Ai, merda!

Contive um gemido, quando meu corpo se retesou com seus dedos saqueadores preguiçosamente instigando meu clitóris. Ele estava examinando meu sexo como se fosse o dono, como se fosse uma extensão de seu próprio corpo. Eu não tinha certeza se ele estava inteiramente acordado.

- Não me diga para parar. – A voz de Trace estava rouca de desejo.

Acho que minha dúvida, quando a ele estar ou não dormindo, foi respondida. Estremeci, quando sua respiração morna soprou na pele sensível da minha nuca e orelha.

Deus, como ele era gostoso.

Sem saber como eu me sentia em relação a Trace, naquele momento, não respondi verbalmente. Meu corpo o queria, mas meu cérebro ainda estava zangado por ele combinar as coisas sem sequer me perguntar se eu queria ver a mulher que tinha sido a minha acusadora. Embora meu cérebro lógico talvez entendesse sua decisão, eu não podia evitar me sentir ligeiramente... traída.

Minha respiração falhava, enquanto eu olhava a escuridão, meu corpo implorando para que eu cedesse a Trace.

- Sei que você está acordada, Eva.

Claro que ele sabia que eu estava acordada. Eu estava começando a respirar ofegante como uma maníaca sexual.

- Sei que você precisa de mim agora – disse Trace, ofegante também.

Arqueei as costas, quando ele começou a levar a sério o seu intuito de me fazer gozar. – Por favor – eu disse baixinho, enquanto meu corpo se retesava, meu clímax rapidamente se aproximando, enquanto ele acariciava cada vez mais depressa. Mais forte. Se ele estava tentando provar que eu precisava dele, estava conseguindo.

- Goza pra mim – disse ele, junto ao meu pescoço, passando a boca na pele sensível dali, enquanto sua outra mão subiu aos meus seios, apertando meus mamilos rijos.

Eu estava me afogando em sensação, todos os pensamentos sumindo da minha mente, exceto a satisfação. Meu corpo estava no comando e precisava de Trace.

Ergui minha perna de cima e passei por cima das coxas de Trace, dando todo o acesso que ele precisava para me deixar louca.

- Boa garota – ele sussurrou baixinho. – Deixe-me entrar.

Tive a vaga impressão de que suas palavras queriam dizer mais do que a tarefa erótica que ele assumira para si, mas eu estava longe demais, em meu torpor de prazer, para analisar o que ele disse.

Minha cabeça caiu para trás, junto ao seu ombro e eu me senti muito vulnerável naquele momento, tão sensível que era quase assustador.

Trace podia me tocar como se eu fosse um instrumento e eu reagia facilmente, naturalmente.

Meu orgasmo me tomou numa onda de êxtase que estremeceu cada nervo do meu corpo, me deixando exausta e relaxada em seus braços, enquanto eu gemia, ao longo do meu clímax.

Fiquei ali deitada, um pouquinho, com Trace me abraçando com força, sua mão afagando meus quadris nus, antes de dizer

– Sente-se melhor?

- Hmm... - Minha capacidade de falar ainda não tinha voltado inteiramente.

- Achei que você estava... inquieta.

Eu não me lembrava de ter mais pesadelos, mas talvez não estivesse dormindo bem. – E achou que um orgasmo poderia ajudar? – Não pude evitar. Sorri no escuro.

- Não. Abracei você junto a mim, depois, não pude me conter. – Havia um tom de malícia na voz dele. – Eu precisava fazê-la gozar.

- Por quê? Quase recuperada, eu me virei em seus braços, para ficar de frente pra ele.

- Eu não conseguia dormir. Queria tomar conta de você. Acho que agora eu sei que não tenho como ficar assim, tão perto, sem tocá-la.

Inalei seu cheiro masculino, ao mergulhar o rosto em seu pescoço. Jesus! Como ele sempre fazia essas declarações, sempre que eu queria ficar indignada?

- Você não dormiu? Ficou acordado? – Ergui a cabeça pra olhar o relógio. Quase cinco da manhã. Imaginei que algumas horas haviam passado desde que eu despertara do meu pesadelo.

- Não. Eu sei que fiz a coisa certa, mas me sinto um babaca. Aquilo obviamente a perturbou.

- Foi só um pesadelo. Meu problema é que você não falou comigo. Eu tinha direito de saber.

- Se eu tivesse falado, você teria encontrado a Nora?

Fiquei quieta por um momento, antes de responder – Não sei. Mas eu deveria ter tido a opção. Minhas opções me foram tiradas durante anos, Trace. Você sabe o que é não ter nem escolhas básicas, quando lhe é dito a hora de dormir, de comer, de trabalhar e de fazer xixi, pelo amor de Deus?

No fundo do meu coração, eu sabia que ele não tinha tomado a decisão para estar em controle, embora ele tivesse mania de controle. Ele o fizera por saber que eu me recusaria a ver a Sra. Mitchell. Honestamente, eu sei que essa seria a minha decisão. Eu teria me esquivado dessa parte da minha vida, porque só queria esquecê-la.

- Não pensei nisso, Eva.

Revirei os olhos, no quarto ainda escuro. Para lhe dar crédito, eu presumia que ele estivesse pensando nisso agora.

- Devia ser um inferno – ele concluiu.

- Era pior que isso. Era desumano. – Minha pouca experiência foi o motivo para que eu ainda não soubesse quem eu era, ou onde era meu lugar nesse mundo. Eu jamais teria a chance de descobrir.

– Duvido que você alguma vez tenha perdido o controle.

Trace sempre estivera na situação para decidir seu próprio destino. Eu não. Nunca.

Ele virou de barriga pra cima e me puxou. Ao pousar minha cabeça em seu peito, ele respondeu descontente – Nunca, até conhecer você.

Meu coração deu um salto e eu fiquei imaginando se ele estava dizendo que eu o fazia perder o controle. Eu nunca tinha visto, mas gostaria. – Então, no fim das contas, você é humano, Sr. Walker – eu provoquei e minha irritação foi passando.

- É o que parece – disse ele, secamente.

Ele tinha tomado uma decisão difícil e, embora eu não concordasse o que ele havia feito, Trace escolhera a opção mais difícil por achar que seria o melhor pra mim. Eu poderia perdoá-lo. Afinal, ninguém jamais se importou comigo para sequer pensar em minha felicidade.

Passei a mão em seu peito, saboreando a sensação de sua pele morna sobre o músculo rijo. Depois, deixei minha mão lentamente deslizar sobre seu abdome, até passar um dedo sobre a trilha de pelos que levava ao que eu já sabia ser um pau impressionante. Sorri ao segurá-lo, sem me surpreender com o volume.

- Eva. Não comece nada – disse ele, mandão.

- Por quê? – eu respondi, inocentemente, enquanto o acariciava fascinada pela sensação da maciez da ponta de seu pênis, da pele acetinada de sua rigidez. – Você é incrível.

Eu nunca tinha apalpado um cara e estava adorando acariciar e sentir Trace.

- Não vou me segurar – ele gemeu, desesperado.

Ora, esse era o objetivo. Eu queria que ele perdesse o controle de vez. – Vou fazer você gozar – eu prometi, embora não tivesse ideia se poderia.

- Porra!

Sua reação me convenceu a tentar. Não havia nada que eu quisesse mais do que saborear seu prazer. Deslizei a língua por seu corpo, passando pelo abdome rijo, me deleitando com o gosto salgado de sua pele.

Joguei as cobertas para o pé da cama e levei os lábios ao seu pau. Lambi a cabeça e gemi baixinho com o gosto da gota que engoli. Era a essência de Trace e ele era absolutamente delicioso. Não liguei quando ele agarrou meus cabelos. – Preciso que você me ponha na boca, Eva. – Sua voz já tinha um tom desesperado e exigente.

- Você precisa de mim? – eu perguntei, segurando com mais força, em volta da raiz de seu pau. Eu queria ouvir a mesma coisa que ele, quando me deu prazer.

- Mais do que jamais precisei de qualquer coisa. – Sua voz era baixa e voraz, rouca e embargada.

Meu coração rugiu e aquilo era tudo que eu queria ouvir. Pousei os lábios nele e pus o máximo que pude, dentro da minha boca.

Eu podia ser inexperiente, mas já tinha ouvido e lido sobre sexo, ao longo dos anos. Apertei os lábios em volta dele e chupei, quando ele recuou, para novamente empurrar minha cabeça pra frente e me mergulhar em minha boca, quase que imediatamente.

Dessa vez, eu deixei que ele me guiasse, usasse sua pegada em meus cabelos e a força de sua mão para me dizer o que queria. E Trace não era tímido.

- Chupe com mais força, Eva. Porra! Não vou segurar.

Ele impôs um ritmo brutalmente veloz, erguendo os quadris para mergulhar em minha boca, enquanto a mão pressionava minha cabeça abaixo. A experiência era carnal e eu louvava cada momento dele, enquanto ouvia seus gemidos de aprovação.

- Cristo. Você está me deixando maluco, Eva. Eu vou gozar como uma porra de um adolescente. – Ele parecia se esforçar para respirar.

Não importava como ele gozasse, eu só queria que acontecesse. Queria dar a ele o mesmo êxtase que eu tinha vivenciado, pouco tempo antes.

Goze, Trace, pra mim.

Com minha mão livre, eu acariciei levemente o saco e seu corpo se contraiu.

- Recue, ou vou gozar na sua boca – ele alertou aflito.

Eu queria. Queria, sim. Queria vivenciar cada parte de Trace. Apertei os lábios com mais força, embora ele estivesse afastando minha cabeça de seu pau latejante, e engolfei o máximo que pude.

- Porra, Eva! – ele gemia desesperado, erguendo as costas da cama, parecendo travar uma batalha... com ele mesmo. – Como você é gostosa.

Senti um jorro no fundo de minha garganta, quando ele parou de relutar e engoli com prazer. Sua reação foi deliciosa, num momento quase surreal.

Trace Walker ficou completamente perdido ao gozar, agarrado aos meus cabelos de forma quase dolorosa, gozando com um abandono que eu nunca tinha visto.

Seu corpo relaxou e ele recaiu de volta na cama. Eu ouvia sua respiração ofegante, quando ele afrouxou a mão em meu cabelo.

Saboreei a experiência, lambendo tudo, enquanto ele se esforçava para respirar, depois subi até seu lado.

- Eu avisei – disse ele, com a voz rouca.

- Eu sei. Eu queria saborear você – respondi honestamente, ao deitar de bruços ao seu lado, arrumando um travesseiro embaixo da cabeça.

Embora eu soubesse que seria doloroso, quando meu trabalho com Trace tivesse terminado, eu queria vivenciar tudo que pudesse, enquanto estivesse com ele. Por muito tempo, eu fui tolhida de sentir quase tudo, exceto medo e devastação, e não podia resistir a qualquer prazer que pudesse vivenciar, mesmo que tivesse que pagar por isso, depois.

Senti que ele sentou e puxou o lençol e a colcha, no pé da cama. Dei um gritinho quando ele deu um peteleco na minha bunda nua.

- Por que a palmada? – eu perguntei, fingindo estar zangada.

- Por me deixar maluco – ele resmungou, ao cobrir nossos corpos e me puxar para perto dele, me fazendo trocar o travesseiro por seu ombro.

Sorri, quando ele prendeu as cobertas à minha volta, me protegendo. – Eu diria que esse foi um percurso bem curto. Você contratou sua meia-irmã para ser sua noiva e ela acaba sendo uma condenada. Mas, mesmo assim, você não fugiu. – Eu estava provocando, mas, realmente, talvez ele estivesse perdendo as estribeiras.

- Você não é uma condenada e eu nunca fugiria de você. Preciso demais de você. – Ele parecia completamente sério e meio desconcertado.

Isso me calou. Meu coração podia estar em festa, mas eu sabia que não podia considerar demais essa admissão.

Também preciso de você.

Foi o que me veio cabeça, mas eu fechei a boca e não disse em voz alta. Se havia algo que eu tinha aprendido em meu passado difícil, era que, em longo prazo, eu podia contar com poucas pessoas na vida, exceto eu mesma.

Fechei os olhos e me permiti simplesmente desfrutar seus braços, os braços que me seguravam protetores. Por enquanto, eu me sentia segura e isso tinha de ser o bastante.

CAPÍTULO 15

Trace

— Ainda estou tentando descobrir como você conseguiu ganhar uma mulher que cozinha tão bem quanto a Eva — disse Sebastian Walker, descontraidamente, ao tomar uma dose de uísque, numa golada só.

Eu não tinha percebido o quanto sentia a falta de Sebastian e Dane, até que eles chegaram para o Natal. Ter Britney por perto deixava as coisas tensas, mas meu irmão caçula não parecia irremediavelmente apaixonado por ela. Pelo menos, eu torcia para que não estivesse.

Eva vinha sendo incrível, fazendo comidas deliciosas e encantando meus irmãos, até que achei que eles já estavam meio apaixonados por ela, o que me dava uma irritação infernal. Para ser honesto, ela só estava sendo ela mesma, mas isso era o suficiente para deixar os dois intrigados, principalmente porque ela não era o tipo de mulher com quem eu geralmente saía. — Sou um cara de sorte — eu respondi, olhando para os dois sentados, em lados opostos do sofá da sala, de frente para a minha poltrona.

Após o jantar, Eva tinha desaparecido dizendo que tinha que embrulhar alguns presentes, depois subiu. Britney dissera estar cansada e sumiu também, mas não que eu tivesse ficado triste. Eu já tinha visto aquela cachorra venenosa o suficiente, por uma vida inteira.

Era noite de Natal e eu tinha conseguido não ficar um só instante sozinho com Britney. Eva permanecera ao meu lado, interpretando tão bem o papel de noiva adorável que eu estava me acostumando. Não posso mentir. Adorava cada minuto tendo-a como minha, mesmo sendo uma farsa.

- Você que é o sortudo, Trace – concordou Dane, baixinho, com uma voz pensativa. – Não é fácil encontrar uma mulher que não liga se você é rico e não queira apenas o seu dinheiro. Acho que você pode seguramente dizer que Eva nem liga. Dá pra ver que ela só quer ser feliz.

Fiquei olhando, boquiaberto, imaginando por que Dane pensava justamente assim. Quase me matou, mas eu tive que perguntar – É assim, com a Britney?

- Nem de longe - respondeu Dane, casualmente.

- Você não acha que ela o ama? - perguntou Sebastian, franzindo o rosto, ao se levantar para se servir de outro drinque.

Continuei olhando para Dane, imaginando o que estaria se passando em sua cabeça. Será que ele sabia que Britney o estava usando?

- Britney é conveniente. Ela está disposta a ficar na ilha, pelo que posso lhe dar e me deixa transar com ela. Algum de vocês acha que eu não sei que ela está me usando? – Ele olhou para o Sebastian e pra mim, curiosamente.

Ora, meu irmão caçula era mais esperto do que eu imaginava.

– Então, por que fica com ela?

Dane sacudiu os ombros. – Quem mais vai me querer? Eu queria transar e ela está disposta a essa inconveniência, se eu lhe der dinheiro suficiente pra isso. Não tenho fantasias quanto a ela querer algo além de dinheiro. Ela nunca quis.

Havia um pouco de amargura na voz de Dane, mas eu fiquei aliviado porque ele não ficaria de coração partido quando Britney decidisse que era hora de partir. Na verdade, era mais provável que Dane se cansasse da choramingação e pedisse que ela fosse embora.

Sebastian sentou de novo no sofá, com um copo cheio. – Cara, sem querer ofender, mesmo sendo gata, a Britney é chata pra cacete.

Sorri, percebendo que Sebastian finalmente vira além dos cabelos louros e olhos azuis de Britney, descobrindo que não havia nada dentro para combinar com a beleza exterior.

Dane deu de ombros. – Não fico ofendido. Ela é uma cachorra louca e eu sei disso. Acho que estou começando a preferir ficar sozinho a tê-la por perto. – Ele virou a cabeça. – Isso aconteceu com você, Trace?

Quase engasguei com meu drinque. *Porra! Ele sabe.*

- O quê? – Abaixei meu drinque, tossindo.

- Você também enjoou dela? Foi por isso que a dispensou?

Dei um longo suspiro. – Como sabe que eu saí com ela?

Dane sorriu, mas seus olhos estavam tristes. – Eu posso morar numa ilha, mas tenho acesso à mídia. Tive certeza de que você e Britney tinham terminado, antes de deixar que ela fosse pra ilha. Eu me senti meio mal, ficando com uma mulher com quem meu irmão tinha terminado, mas não tenho exatamente uma imensa variedade de mulheres para escolher. Desculpe.

- Não se desculpe – eu disse, rapidamente. – Não havia nada sério entre nós.

Ele assentiu. – Eu sei.

Sacudi a cabeça, diante da ironia de estar tentando proteger Dane, quando ele lamentava estar com uma mulher com quem fiquei.

- Eu não sabia que você namorou a Britney. - Sebastian pareceu injuriado. – Por que não disse nada?

- Talvez, porque nunca consegui encontrá-lo sóbrio o suficiente para mencionar. – Meu tom foi sarcástico e acusador.

Lamentei as palavras, quase que imediatamente, mas não podia pegá-las de volta. Na realidade, eu havia propositalmente evitado dizer a verdade ao Sebastian.

Vi o rosto de Sebastian enevoar e ele tomou uma golada de seu drinque. – Pelo menos, eu não sou metido como você – disse ele, amargurado. – Lamento não ter sido perfeito como você, irmão.

Eu não me considerava tão presunçoso assim. – Não estou pedindo que você seja perfeito. Só estou pedindo para que tente ser melhor. Pare de viver em festas, como se isso fosse seu meio de ganhar a vida.

- Não preciso ganhar a vida. Sou bilionário. Você assumiu o lugar do papai, então, o que esperava que eu fizesse?

- Você fez faculdade, Sebastian. Espero que você cresça. – Agora, eu estava zangado, farto de ouvi-lo me criticar por algo que fui obrigado a fazer.

- Por quê? Eu nunca vou atender as suas expectativas. Pra que tentar?

- Não tenho expectativas. Não sou o papai.

Olhei pro Dane, mas ele não parecia disposto a entrar na conversa. Na verdade, ele parecia perfeitamente feliz em me deixar brigar com Sebastian.

- Então, pare de agir como o papai - Sebastian respondeu amargo.

Minha raiva começou a fervilhar. – Nunca poderei ser ele. Nunca pude. Até que tentei, porra, mas nunca consegui ser tão sutil. Nunca consegui ser tão sábio e certamente jamais conseguirei administrar a Walker como ele fez.

- Você faz um trabalho incrível, Trace – disse Dane, me incentivando, finalmente decidindo entrar na conversa. – Você era bem novo, quando assumiu a companhia.

- Assumi porque precisei. Era o único com idade suficiente pra isso. Achei que fosse o único que quisesse. – Olhei fulminante para Sebastian. – Se você queria assumir essa responsabilidade, por que diabos não disse alguma coisa?

- Por que você não perguntou? – ele disparou de volta pra mim, zangado.

Eu explodi. – Você acha que eu queria essa porra? Acha que eu queria assumir o lugar do papai, depois que ele morreu? Eu só estava com vinte e um anos e não tinha a menor ideia do que estava fazendo. Andei cambaleando no escuro, tentando terminar de estudar, enquanto procurava fazer o trabalho de presidente da Walker. Eu. Não. Estava. Pronto. Porra. Nunca achei que eu fosse dizer essas palavras, muito menos para os meus irmãos. Mas nós todos já éramos adultos e o tempo e a distância entre nós tinha de acabar. Estávamos todos despedaçados e eu queria todo mundo inteiro novamente.

- Não sou tão mais velho que você. Eu poderia ter ajudado - Sebastian rompeu o silêncio, já sem raiva na voz.

- Tudo que eu queria era que você e Dane pudessem viver o luto e se recuperarem para levarem uma vida normal. – Eu sabia que estava ofegante, tentando manter minhas emoções sob controle.

- Nossa vida jamais voltaria a ser normal – Dane respondeu, solene. – Acho que nós dois achamos que você queria a posição de presidente e nos queria fora dos negócios da família. Fiquei aliviado em lhe dizer a verdade. Eu nunca quis ser um homem de negócios. Essa nunca foi a minha vontade.

Eu sabia disso. Achei que Sebastian também quisesse outra coisa. Olhei meu irmão do meio, pensativo, e perguntei. – E você, o que você queria?

- Eu queria os meus irmãos - Sebastian respondeu com a voz rouca. – Queria o papai de volta.

- Eu também queria isso. Mas tanta gente dependia de mim que eu sabia que tinha de manter as coisas sob controle.

- Você achou que precisava se manter distante, para seguir em frente? - perguntou Dane.

- Sim. Passei um tempo pisando em ovos, mas não queria que ninguém soubesse. – Eu tinha ficado apavorado, mas não admiti isso. – Ainda sinto falta do papai, todo santo dia – eu confessei.

- Todos nós sentimos - respondeu Dane. – Acho que apenas lidamos com isso de forma diferente. Por um tempo, eu me senti culpado porque vivi e ele morreu.

Sebastian e eu ficamos olhando pro Dane com expressões estarrecidas. Meu irmão caçula tinha passado por tanta coisa. Fiquei horrorizado que ele também tivesse de lidar com a culpa por ter sobrevivido, quando nosso pai se foi. – Não se sinta assim, Dane – eu pedi.

Ele ergueu a mão. – Já superei isso. Mas levou tempo. Infelizmente, eu acho que Sebastian tem algumas questões para resolver.

- Eu não...

Interrompi Sebastian. – Desculpe. Desculpe por nunca ter perguntado o que cada um de vocês queria. Eu presumi demais. Estava sufocado.

- *Pra mim*, isso não foi problema - respondeu Dane, olhando diretamente para Sebastian. – Como eu disse, eu fiquei grato por você ter assumido.

Sebastian pousou seu drinque na mesa e deu um longo suspiro. – Eu não fiquei grato. Fiquei com inveja. Eu queria poder ser como você, Trace. Queria ajudá-lo, queria ser crescido o bastante para ajudar.

- Não deseje isso – eu disse. – Foi uma droga.

Durante anos, eu tinha me fechado para todas as emoções, só para manter o controle. Eva tinha sido a única pessoa a penetrar em minha calma aparente e me ver como eu realmente era. Nunca vivi o luto pelo meu pai e nunca superei tudo que eu tinha perdido.

- Você está certo, Trace. Preciso, mesmo, crescer - Sebastian admitiu, ao recostar no sofá.

- O que você quer fazer, quando crescer? – eu perguntei, brincando.

Sebastian sorriu. – Talvez, ser o segundo homem em comando, na Walker? Estou pensando que poderia comprar minha parte outra vez.

A última coisa que meu irmão seria era o segundo, em qualquer coisa. – Eu só aceitaria uma parceria igual. Você teria de desembolsar o dinheiro para ser sócio.

Sebastian tinha estudado engenharia e eu sempre imaginei que ele abriria uma empresa do ramo. Afinal, ele tinha se especializado em negócios. Realmente, ele daria um sócio incrível, se parasse com as baladas e a bebida.

- Eu poderia tirar um pouco da carga de você, Trace – disse Sebastian, hesitante. – Acho que eu gostaria disso. Eu poderia liderar alguns dos projetos de construção.

- Detesto essa parte – eu disse, franzindo o rosto.

Sebastian sorriu. – Parece que pode dar certo.

- Não vou transferir a sede dos escritórios de volta para o Texas. – Eu tinha trabalhado por tempo demais, para centralizar tudo em Denver e gostava dali.

- Eu vendo a propriedade de lá e venho trabalhar aqui – disse Sebastian.

- Não será fácil – eu alertei, sabendo que seria difícil vender tudo que ele tinha no Texas, incluindo a mansão da minha família, perto de Dallas, que era de propriedade de Sebastian e sua atual moradia – quando ele estava, de fato, em casa.

- Não preciso de nada fácil – disse Sebastian, decidido. – Só preciso de um propósito.

- Você tem um – eu rapidamente respondi, sabendo que queria novamente o meu irmão comigo. Dava para ver sua determinação e eu não tinha dúvidas de que ele poderia entrar na linha.

Sebastian assentiu. – Acho que agora eu tenho.

Olhei para os meus dois irmãos, imaginando como eu pude interpretar tudo de maneira tão errada, quando se tratava de Sebastian. Será que eu tinha feito o mesmo com Dane?

Como se pudesse ler meus pensamentos, Dane disse, secamente – Nem pense que eu vou me mudar aqui para Denver. Gosto da minha solidão.

Certo. Talvez eu tivesse acertado, quando se tratava de Dane.

- Vou começar a trabalhar na venda de tudo e me mudar, logo depois das festas - Sebastian disse, avidamente.

Tive que rir com seu entusiasmo e meu coração pareceu mais leve, como não ficava há anos. – Então, você está pronto para descartar sua vida social?

Notei que o uísque de Sebastian estava ali e ele não estava mais tomando. Eu não o vira dar um tempo na bebida, desde sua chegada.

- Estava ficando entediante – ele respondeu sinceramente. – Estou pensando em arranjar uma mulher como Eva, eventualmente.

- Se tocar nela, irmão, será um homem morto – eu rugi, falando meio sério.

Sebastian ergueu uma das mãos em rendição. – Ela obviamente está apaixonada por você. Se não estivesse tão caída pro seu lado, eu provavelmente tentaria fisgá-la. Ela faz uma massa incrível.

- Ela é muito mais que apenas uma boa cozinheira – eu disse, irritado. – Ela é meu tudo.

Percebi que eu não estava mais atuando. Eva tinha passado a significar tanto pra mim, em tão pouco tempo. A separação depois das festas não era mais uma opção. Eu precisava dela e não queria nem imaginar como seria minha vida sem ela. Acho que eu sabia, desde começo, que jamais a deixaria partir.

- Isso é bem intenso – murmurou Sebastian. – Acho que nunca vou conhecer uma mulher sem a qual eu não consiga viver.

- Eu também não achava – eu confessei. – Mas, às vezes, não há nada que possa impedir que você se sinta assim.

Porra, como eu tentei. Eu tinha socado meu saco de areia até que todos os músculos do meu corpo gritassem, mas isso não tirou Eva da minha alma.

- Antes você do que eu – disse Sebastian. – Não quero me sentir assim.

- Nem eu – Dane acrescentou. – De qualquer forma, como foi, mesmo, que vocês se conheceram?

Não havia nada que eu quisesse mais do que confessar tudo sobre Eva e eu. Mas eu não podia. Nós ainda estávamos tentando retomar nosso relacionamento e eu não queria estragar o progresso que havíamos feito, ao dizer a eles que tinha combinado tudo com Eva. Além disso, gostando ou não, ela seria minha.

- É uma longa história – eu simplesmente respondi. – Mas as coisas nunca foram fáceis pra ela, que merece ser feliz.

- Gosto dela - Sebastian disse, abertamente.

- Eu também - Dane acrescentou.

Eu assenti, contente por eles gostarem de Eva, porque eles me veriam com ela para sempre.

Convencer Eva a ficar talvez não fosse fácil, mas eu faria com que ela me amasse e ela nunca ia querer ir embora. Não importava o quão arduamente eu tivesse de trabalhar para fazê-la ficar. Valeria a pena, se eu pudesse apenas ficar com ela eternamente.

E se ela não quiser ficar? Vocês tinham um acordo e ela pode insistir em honrá-lo. Ela fez a parte dela.

Só em pensar em Eva se despedindo me deixava maluco. Decidi não pensar no fracasso, porque isso não era uma opção. Ela ficaria. Nunca mais iria embora. Ela seria minha pra sempre, porra.

Talvez, ela lutasse contra o inevitável, mas, de alguma forma, eu a faria ver que nosso lugar era um ao lado do outro.

E, no fim, eu ganharia.

Eu não era presunçoso sobre Eva, como eu era com os negócios. Agora, ela significava muito mais do que os negócios para mim, e provavelmente foi, desde o momento em que adentrou meu escritório, audaciosamente.

Mas eu *venceria*.

Agora, eu *tinha* de vencer, para manter a minha sanidade.

CAPÍTULO 16

Eva

" **O** diei minha filha, desde o dia em que ela nasceu, mas ela finalmente vai pagar por me afastar de todas as coisas que eu deveria ter tido. Nasci rica e deveria ter sido rica sempre. Isso era meu, por direito de nascença. Ela vai pra cadeia pra pagar o preço de ter me tirado tudo. Estou feliz. Ela finalmente estará exatamente onde deve estar – mofando na prisão. Não importa que eu tenha cometido o crime pelo qual ela vai pagar. E daí, que eu roubei as joias? Elas pertenciam à minha mãe. Eram minhas, para roubar. O importante é que Eva pague e eu estou bem certa de que ela será condenada. Estou pegando de volta o que eu mereço, ao me casar com um homem rico. Eu não deveria ter de me casar com ele, para ter o que é meu por direito, mas vou pegar o que posso, agora. Eu me pergunto se é errado torcer para que a garota mimada do meu finado marido morra enquanto estiver na prisão. Acho que não é e espero que ela nunca saia de lá viva, depois que saia seu veredicto de culpada.

Bati a capa do diário de minha mãe, sem conseguir ler mais nenhuma palavra de suas loucas divagações. Esse tinha sido seu último registro no diário, um trecho escrito pouco antes de sua morte. Limpei as lágrimas, desejando nunca ter aberto o caderno.

Meu coração era um nó em meu peito e eu deixei que a dor da traição de minha mãe me invadisse, desejando que o caderno nunca tivesse chegado às minhas mãos. O que eu esperava, ao abrir no último registro? Que ela confessasse que realmente me amava e se sentia culpada pelo que havia feito? *Sem a menor possibilidade depois do que eu tinha lido.*

O caderno estava na cama de Trace, quando eu subi, para embrulhar seu presente. Eu só pude imaginar que o pessoal da limpeza tivesse encontrado embaixo da cama e o tivesse posto sobre a colcha.

Curiosamente, eu o abrira e lera várias páginas, incluindo a que eu tinha parado de ler. Não que Nora não tivesse avisado, mas eu não estava pronta para a maldade integral que havia sido a minha mãe, o ódio amargoso que ela cultivara por mim, durante todos aqueles anos.

- Estou surpresa que ela tenha me deixado viver – eu disse baixinho, com a voz chorosa.

Por que ela não me matou, quando eu era pequena, é algo que nunca vou entender. Será que assassinato era o seu limite? Ou ela sabia que jamais se safaria com isso? Ela certamente desejava que eu estivesse morta. Mas, aparentemente, ela não tinha peito pra me liquidar. Não por qualquer senso de piedade. Isso ficava claro, pelos registros do diário. Muito provavelmente, ela temia que fosse parar na cadeia, por assassinato.

Ela não é digna das minhas lágrimas.

Em minha mente racional, eu sabia que ela era maluca e não era responsável por seus sentimentos. Mas a criança que ainda vivia dentro de mim, se perguntava por que ela nunca conseguiu me amar. Eu me virava do avesso para ter pelo menos uma pequena migalha de sua afeição. Quando eu era pequena, eu não entendia por que ela me odiava e achava que era culpa minha. Já adulta, eu não era tão boba, mas, por algum motivo, seu ódio ainda doía.

- Foi interessante ler... esse caderninho. – Disse a voz feminina vinda da porta.

Britney.

Tentei não vomitar com seu tom açucarado. Eu sabia que por baixo da aparência deslumbrante da loura com jeito de super modelo havia um coração de serpente. Virei e a vi olhando para o caderno em minha mão. – O quê? Ela entrou no quarto desfilando, com um sorriso conspirador no rosto, que eu instantaneamente tive vontade de esbofetear.

Eu tinha evitado ficar por perto, quando pude, e ignorei suas indiretas cruéis em minha direção, quando precisava estar em sua companhia. Eu gostava dos irmãos de Trace e meu coração doía por Dane. Eles podiam estar juntos, mas Britney não merecia Dane. Sim, ele tinha cicatrizes, mas não merecia outro espinho, nem um pé no saco como essa mulher. Ela era gélida.

- Ah, eu espero que você não se importe, mas eu estava à procura de algo para ler e encontrei esse caderninho que está em suas mãos. Foi uma leitura muito interessante. Acho que as pessoas ficarão fascinadas quando souberem que Trace Walker está se casando com uma criminosa e que seu pai foi enganado para se casar com uma psicopata. A história da família inteira seria um fiasco total, eu acho. Afinal, ele vai se casar com a meia-irmã. – A expressão de Britney se transformou num sorriso cruel.

Cadela!

Ela propositalmente vasculhou minhas coisas e encontrou o diário da minha mãe. Eu não tinha lido tudo, mas Britney aparentemente sim. – Você pegou as minhas coisas pessoais? – eu perguntei, zangada.

Encarei sua fisionomia altamente fingida e os longos cachos louros que estavam sempre tão perfeitos. Mesmo quando estávamos à vontade, em casa, ela estava vestida como se fosse a uma festa. Hoje ela estava de saltos e um vestido verde curto que mostrava bastante de suas coxas, embora estivesse quase zero grau, lá fora.

Britney sacudiu os ombros. – Eu estava procurando algo para ler e me deparei com a informação por coincidência. Você tem que admitir que não será uma história bonita. Trace noiva de sua meia-irmã criminosa e seu pai enganado para se casar com uma mulher doida. Trace teria ficado muito melhor comigo – disse Britney.

– Ele nunca ficaria melhor com uma cadela como você – eu rugi.

Britney deu um falso ofego. – As garras de gatinha estão começando a aparecer. Acho que a pessoa se torna bem violenta quando passa pela prisão. Até você tem de admitir que é meio doentio ficar noiva do meio-irmão.

- Nós. Não. Somos. Relacionados. – Eu não ficaria explicando meu relacionamento com Trace. Isso não era da conta dela.

- Vamos direito ao assunto, certo? – Todos os traços de inocência sumiram da voz de Britney e ela estava soltando a sua pele de cobra. – O Trace me pertence. Não posso mais transar com aquela aberração do irmão dele. Não consigo nem deixar que ele me toque. Ele é hediondo. Não dá pra fazer isso nem pelo dinheiro. Ele me dá arrepios.

- *Você* que me dá arrepios – eu disse, tão zangada que mal podia me conter.

- Você só está com inveja – disse Britney. – Eu sou bonita e você sabe disso.

Você é horrenda por dentro, onde conta.

Não respondi. Simplesmente a encarei.

- Deixe o Trace pra mim e eu nunca mencionarei nada aos jornais. Se ficar com ele mais tempo, eu vou dar a notícia amanhã, no dia de Natal. Duas escolhas. Qual será? - Britney ergueu dois dedos, debochando.

Eu estava babando, com um ódio que nunca tinha sentido, nem quando minha mãe havia me traído. – Ele não vai voltar pra você.

Eu sabia que Trace tinha visto a verdade por trás da fachada de Britney.

- Vai, sim – disse ela, resoluta.

- Você também vai chantageá-lo? Com quê?

- Posso deixar o Dane calmamente, ou posso partir seu coração. Honestamente, não me importo de que jeito seja. Posso dizer que ele é uma aberração e que não posso deixar que ele encoste em mim, nunca mais.

- Piranha! – eu vociferei pra ela, desejando ter munição para mandá-la se fuder. Infelizmente, eu não sabia o que fazer. Todos os detalhes de nossas vidas seriam dissecados e eu não poderia ver o Trace passar por isso. O que eu não queria era ver seu pai arrastado para a lama, depois de morto. Isso mataria todos os filhos Walker. Nós já sabíamos que isso chegaria ao fim. Só teria que terminar antes do que havíamos planejado.

Britney estreitou os olhos. – Decida – ela exigiu.

- Eu vou. Mas saiba disso... você jamais terá o Trace de volta. Ele já sabe que você é uma piranha e não vai mais ficar com você. Nunca mais.

- Ele ama os irmãos. Fiquei com ele por tempo suficiente para saber de suas fraquezas.

Só o fato de que ela atacaria Trace pelo amor de Trace pelos irmãos já me deixava nauseada. – Saia. Daqui.

Eu nunca mais a queria no quarto de Trace.

- Espero que você tenha partido até de manhã. E deixe o anel.

- Britney olhou para o antigo anel de noivado. – Ele me dará isso. Eu sempre quis ficar noiva no Natal.

Por cima do meu cadáver!

Eu não ficaria com nada que pertencesse ao Trace, mas ela certamente jamais usaria o anel.

Minha fúria finalmente veio à tona e eu fui até Britney, ergui a mão e dei-lhe um tapa com tanta força que sua cabeça virou, quando ouvi o barulho da bofetada em seu rosto.

- Eu disse saia – eu repeti, com os dentes cerrados.

- Você me bateu, sua baixo nível – ela disse, furiosa.

- Saia ou farei novamente – eu ameacei, pronta para cair na briga. Agora eu estava com raiva e não sabia o que fazer com a fúria incendiária. Britney podia ser bem mais alta que eu, mas ela era magra e eu duvidava que fosse de briga.

Ela levou a mão ao rosto inchado e alertou – Suma, até amanhã de manhã. – Ao virar, ela seguiu até a porta.

Rapidamente fechei e tranquei a porta, sabendo que se a visse outra vez, eu talvez não conseguisse me conter.

Deitei na cama, de barriga pra cima. Que diabos eu iria fazer?

Preciso ir embora.

Só precisava falar com Trace, mas sabia que ele me diria pra não fugir e ele lidaria com tudo. Eu não podia deixar que isso acontecesse. Ele parecia tão feliz com os irmãos perto. Eu não queria problemas por conta do meu passado, ainda mais se isso afetasse Trace e sua família.

A dor em meu peito era tormentosa, ao pensar em me separar dele. Ao longo das últimas semanas, nós nos tornáramos cada vez mais próximos. Eu não tinha dúvidas de que estava apaixonada por ele e deixá-lo deixaria uma ferida que provavelmente nunca mais cicatrizaria.

Tenho que amá-lo o suficiente para abrir mão.

E eu o amava assim, até mais. Nunca houvera nenhum futuro para mim e Trace. Eu tinha que fazer isso de uma vez, como arrancar um Band-Aid e lidar com toda minha dor, para depois seguir em frente.

Eu não teria o emprego prometido, mas, agora, com a ficha limpa, eu poderia arranjar outra coisa.

Vai ficar tudo bem. Vai ficar tudo bem.

- Eva! A porta está trancada! – era a voz de Trace, do outro lado da porta.

Dei um salto de pé, tentando conter meu pânico, diante da ideia de ficar sem ele.

Girei o trinco da porta, deixei-o entrar, depois fechei e tranquei novamente.

- Você está bem?

Quando vi a compaixão afetuosa em seus olhos, eu tive vontade de cair em prantos, e o abracei, tentando memorizar seu cheiro.

Ele passou os braços ao redor da minha cintura e só me segurou. – Ei, tem algo errado.

- Não. – Eu neguei. – Só senti a sua falta.

- Acho que estou contente - disse ele, num tom endiabrado.

- Está tudo bem com seus irmãos?

- Tudo. Acho que o Sebastian está se mudando para Denver para trabalhar comigo.

Ele parecia aliviado... e feliz. Meu coração ficou ligeiramente mais leve. Eu sabia que ele queria ficar próximo dos irmãos outra vez, e isso estava acontecendo. Aos pouquinhos, a despedaçada família Walker estaria recomposta. – Você parece feliz.

- Eu estou – ele respondeu, deslizando a mão pelas minhas costas, para dar um apertão na minha bunda, por cima da calça jeans. – Só tem mais uma coisa que eu quero, nesse Natal.

- O quê?

- Você – disse ele.

- Isso você já tem – eu provoquei. Deus, eu tinha que manter essa conversa leve.

Ele recuou e eu fiquei hipnotizada pela luz em seus olhos verdes. – Eu a quero para sempre, Eva.

Meu coração deu um pulo. Isso também era o que eu queria, mas não aconteceria. Mas eu queria que ele soubesse algo. – Olhe, eu tenho algo a dizer e não quero que você reaja, está bem? Apenas tem algo que quero que você saiba.

Ele assentiu, mas estava com uma expressão confusa.

Respirei fundo. – Em algum ponto, ao longo desse noivado fingido, isso se tornou muito além de uma encenação. Eu gosto de você, Trace. Não sei quando, nem como isso aconteceu. Só sei que é verdade.

Ele abriu a boca para dizer algo, mas eu cobri seus lábios com meus dedos, ao continuar. – Você não precisa dizer nada. Não tenho expectativas. Eu só queria que você soubesse que essas foram as melhores semanas da minha vida.

- Não aja como se estivesse se despedindo, Eva – ele disse, com a voz rouca, me olhando fixamente.

Ele se curvou e capturou meus lábios, antes que eu pudesse responder. Sua língua entrou em minha boca com determinação e eu deixei. Eu precisava dele naquele momento, tinha que estar com ele uma última vez.

- Transe comigo – eu pedi, aflita, no instante em que ele recuou da minha boca.

- Estou pretendendo – ele concordou, já dando um passo atrás, para mexer no zíper do meu jeans.

CAPÍTULO 17

Eva

N ós rasgamos e arrancamos a roupa um do outro, como se fôssemos morrer se não transássemos nos próximos segundos, e eu posso dizer que era exatamente assim que eu me sentia. Eu tinha tanta fome de Trace que nem conseguia respirar e meu coração estava disparado como um trem descontrolado.

Puxei o suéter pesado que ele vestia, enquanto ele ajoelhava e arrancava meu jeans e a calcinha.

- Tira – eu resfolegava, fazendo com que ele erguesse os braços para me deixar puxar a blusa, enquanto eu impacientemente saía do jeans e do lingerie que ele tinha deslizado até meus tornozelos.

Ele levantou e tirou meu suéter e sutiã, e eu remexia aviadamente no zíper de sua calça. Minhas mãos tremiam tanto que Trace finalmente assumiu e tirou o próprio jeans e a cueca samba canção.

Eu gemi, enquanto ele prendia minhas mãos acima de minha cabeça, contra a parede, seus olhos vidrados e ferozes me olhando.

- Porra, Eva. Mas que diabo você fez comigo? – ele rugiu.

Eu não sabia responder. Só fiquei olhando pra ele, enquanto o ar entrava e saía dos meus pulmões. Trace agora estava nu e ele era de tirar o fôlego. Meu corpo se retorcia, vibrando com o anseio de ter esse homem dentro de mim.

- Por favor – eu pedi, passando os braços em volta de seu pescoço.

- Passe as pernas ao redor da minha cintura – ele mandou, ao soltar as minhas mãos.

Dei um pulo e ele segurou a minha bunda com as duas mãos, apertando as nádegas, enquanto se mexia até ficar perfeitamente posicionado.

Minha respiração falhou, meu corpo estava ávido, e eu sentia seu pau imenso deslizando pra dentro das minhas dobras molhadas, passando por meu clitóris. Olhei abaixo, em meio às sensações, vendo meus mamilos arrepiados junto aos músculos rijos de seu peito.

Eu poderia esquecer meu próprio nome quando estava assim, emaranhada ao Trace; a sensação e seu cheiro foram o suficiente pra fazer com que eu me perdesse completamente.

- Segure-se em mim. – disse a voz mandona, mas também ansiosa.

Como se eu fosse capaz de fazer alguma outra coisa, além de me segurar a ele. Nesse momento, ele era o centro do meu universo.

Apertei as pernas enlaçando seus quadris, incitando-o.

Trace não me decepcionou, seu impulso à frente me prendeu firmemente à parede, enquanto ele mergulhava em mim. – Ai, deus. Sim – eu gritava, imaginando se algum dia eu senti algo tão bom quanto seu corpo ligado ao meu.

Embrenhando minhas mãos em seus cabelos, eu recostei em seu peito e o beijei, enfiando a língua em sua boca, quando ele começou um ritmo punitivo, entrando e saindo de mim com toda força, me fazendo gemer junto aos seus lábios.

Seu ataque aos meus sentidos era impiedoso, quando finalmente recuei do abraço para respirar, e sua boca começou a me devorar, passando por cada pedacinho de pele que ele alcançava. A língua de Trace trilhou um caminho da minha orelha até meu ombro e voltou.

- Você é minha, Eva. Sempre vai me pertencer – disse ele, num sussurro rouco.

Cada terminação nervosa em meu corpo se acendeu, quando sua declaração reverberou em meu ouvido. Sua possessividade voraz me fazia arder ainda mais de tesão e eu estava desesperada para gozar. A cada nova investida ele mergulhava o pau mais fundo e roçava em meu clitóris, e o ritmo brutal estava me deixando louca, eu sentia meu orgasmo começando.

Ele levou a mão até minha bunda, descendo o dedo e acariciando a fenda, passando pelo meu ânus. A sensação da ponta de seu dedo penetrando esse orifício proibido disparou um clímax tão violento que tomou meu corpo inteiro, como se eu fosse um pequeno objeto tragado pelo olho de um furacão.

- Trace – eu gritei, enquanto ele continuava a se enterrar em mim. Minhas costas arquearam e minha cabeça continuava colada à parede. Agarrei seus ombros, fincando as unhas na pele do alto de suas costas.

- Porra... me pega, Eva. Pode me marcar, porque eu seu que já sou seu, porra... – Ele gemia, me prendendo contra a parede, mais uma vez, entrando com tanta força que seu pau mergulhava em mim, até a raiz.

Segurei-me em seus braços, tomada pelas ondas do meu gozo, minhas unhas curtas ainda cravadas em sua pele. Algum ímpeto animalesco rugia dentro de mim e queria, sim, fazê-lo meu, da maneira que eu pudesse, principalmente, depois que ele se declarou pra mim.

Quando meu corpo começou a relaxar, eu afrouxei a pegada em seus ombros e o enlacei nos braços, com um soluço de choro que era parte alívio e parte tristeza, enquanto ele terminava de jorrar seu gozo quente no fundo do meu útero.

Meu corpo estava saciado, mas meu coração estava em pedaços. Como eu poderia deixar esse homem, esse macho maravilhoso que agora era dono de parte da minha alma?

Ele me carregou até a cama e delicadamente me pousou, depois de puxar as cobertas. Cheguei para o lado e ele deitou entre os lençóis. – O que foi? – ele perguntou, carinhosamente, ao me pegar nos braços.

- Nada – eu menti, sabendo que ele provavelmente teria ouvido o som breve e involuntário da minha tristeza. – Acho que fui... tomada pelo momento. Bem, era verdade.

- Quero fazê-la feliz, Eva.

Trace me deixava extasiada, motivo pelo qual seria muito difícil me afastar dele. – Você faz.

Nenhum de nós disse mais nenhuma palavra, só ficamos deitados, com nossos corpos enlaçados, minha cabeça em seu peito, enquanto eu ouvia seu coração batendo forte e veloz, desejando que houvesse alguma maneira para que eu pudesse ficar com ele. Infelizmente, eu não encontrava a solução e sabia que esses momentos eram preciosos, porque eles teriam de me sustentar pelo resto da vida.

Algumas horas depois, eu estava novamente vestida, vendo Trace dormir, encostada à cabeceira da cama.

Eu havia feito uma malinha somente com coisas que eu precisava muito, algumas trocas de roupa e itens pessoais.

Eu deixara o anel de sua mãe ao lado de sua carteira e do relógio, em cima da mesinha de cabeceira, onde eu sabia que ele encontraria, assim que acordasse.

Eu não sabia como ele explicaria minha ausência para Sebastian e Dane, mas ele pensaria em algo. O importante era que o nome de Trace não ficaria sujo, nem o de seu pai.

Sabendo que Trace tinha o sono relativamente pesado, eu me permiti afagar levemente o seu cabelo. – Tenho que ir – eu sussurei para ele, adormecido. – Não quero ir, mas não posso ficar e destruir a sua vida.

Suspirei, sabendo que tinha que sair da cama e me forçar a ir, mas estava aproveitando todos os momentos.

– Eu te amo – eu disse baixinho, com as lágrimas escorrendo pelo meu rosto. – Lamento nunca lhe ter dito isso, mas teria sido estranho e complicado e eu sei que você detestaria isso.

À distância, eu ouvi um dos relógios de Trace batendo as doze badaladas de meia-noite e sabia que era hora de ir.

– Feliz Natal, Trace – eu murmurei trêmula, ao pousar levemente a palma da mão em seu rosto.

Levantei sem olhar pra trás, pendurei a bolsa no ombro e peguei a jaqueta que estava ao lado. Minhas lágrimas caíam sem parar, embaçando minha visão, a ponto de eu quase não conseguir ver a porta, quando estendi a mão até a maçaneta.

Eu tinha virado a maçaneta, quando uma mão muito forte e um braço rijo me enlaçaram pela cintura e a voz de Trace rugiu ruidosamente, alto o bastante para acordar todo mundo da casa.

– Que diabos você está fazendo!?

– Trace, eu tenho que ir. – Eu relutei, mas minha força não era páreo para o homem furioso que me puxava para ele.

– Baboseira. Você não vai a lugar nenhum. Você me ama, porra. Eu ouvi você dizer – ele disse alto.

Soltei a bolsa e a jaqueta que eu estava segurando, quando ele me ergueu e caminhou até a cama, onde me soltou, sobre os lençóis. Eu fui virando para sair da cama, mas ele rapidamente montou em cima de mim e prendeu minhas mãos ao lado da minha cabeça.

– Explique – ele disse, numa voz falhada e furiosa.

– Olhei para ele, meu rosto ainda molhado de lágrimas. Ele estava enfurecido, mas eu não estava com medo dele. Embora seus olhos estivessem faiscando e suas narinas tremulassem de raiva, ele não me machucaria. – Não posso explicar.

– Ah, pode, sim, e *vai* explicar.

Sacudi a cabeça. – Não posso.

- Me diga, Eva. Se você tiver um bom motivo, eu vou deixá-la ir.

Minha mente estava girando. – Você promete?

Ele assentiu uma vez.

Talvez, contar a verdade fosse a única maneira para que ele me deixasse ir. E eu tinha que ir.

Respirei fundo e comecei a falar. – A Britney sabe de tudo. Ela roubou o diário da minha mãe. Acho que ela leu mais que eu. Se eu não for, ela vai publicar tudo e contar ao Dane que dormiu com você. Ela vai magoá-lo.

Ele parecia confuso. – É isso? Esse é um motivo terrível. Você não vai a lugar nenhum.

- É o suficiente. Ela vai destruir a reputação do seu pai, e a sua. E vai magoar o Dane. – Irritada, eu puxei meus punhos presos e o encarei.

- Francamente, meu benzinho... não é o suficiente. Eva, eu te amo, porra. Você acha que estou ligando para o que a Britney faz?

Ele me ama? – Você obviamente me ouviu falando, então sabe que eu também te amo. Não posso deixar que ela o destrua. Ela ameaçou expor tudo sobre seu pai ter sido enganado para se casar com a louca da minha mãe.

- Meu pai está morto, Eva. E eu estou pouco me lixando para o que ela diga sobre mim, ou você. Mas duvido que ela prossiga com suas ameaças. Dane já sabe que ela o está usando. Ela não vai magoá-lo.

- Ele sabe? Ele não está apaixonado por ela? – De fato, eu não achei que Dane parecesse apaixonado, mas ele era um homem quieto.

- Não – ele respondeu. – Agora, vamos falar de nós.

Engoli o bolo que estava em minha garganta e olhei pra ele, acima, sem palavras. Seus olhos ainda faiscavam de intensidade e eu não via sinais de que a raiva estivesse passando.

Como eu não dizia nada, ele continuou a falar – Se você me deixar, você vai me quebrar, Eva. Eu nunca senti isso por nenhuma mulher, mas não pense que vou conseguir juntar os pedaços novamente se você for embora. Preciso que você fique comigo. Aconteça o que acontecer, nós enfrentaremos juntos, mas você não pode fugir. Não posso lidar com isso.

Senti um aperto no coração, como se ele fosse explodir. – Por que eu? – perguntei baixinho.

Ele me ama? Eu ainda não conseguia assimilar essa declaração e não entendia por que ele me queria. Ah, eu sabia que ele gostava de mim, mas ele me amava, a ponto de me considerar sua fraqueza, uma mulher que ele desesperadamente precisava? *Eu?*

- Por que não você? – ele perguntou, com uma voz mais calma.

- Sou uma mestiça, uma ninguém, Trace. Uma mulher que esteve na prisão por boa parte de sua vida adulta...

- Porque sua mãe era uma maluca – ele concluiu. – Você é a mulher mais forte que eu já conheci. Acho que desde o momento em que você admitiu não conhecer a Chloe, eu soube que estava ferrado. Só não quis admitir, então, convenci a mim mesmo de que só precisava transar com você. Mas não é verdade. Porra, eu preciso disso, sim, mas preciso mais que isso. Preciso tudo de você.

Ele parecia desnorteado e eu tive que sorrir. – Acha que pode me soltar?

Ao afrouxar a pegada, ele finalmente me puxou, me colocando sentada, ao dizer – Eu vou soltá-la, mas não vou deixá-la partir.

Segurando firme em minha cintura, ele me colocou entre as suas pernas.

Eu suspirei ao sentir o calor de seu corpo em minhas costas.

– Quero ficar com você, mas tenho medo do que a Britney fará. Eu não queria ir, Trace.

- Você não vai e eu não dou a mínima para o que a Britney faz. Ela está fora daqui. Vou pedir desculpas ao Dane, por ele perder sua companheira de transa, mas preciso de você muito mais do que ele precisa dela.

Fiquei ali sentada, perplexa. Tinha de ser a primeira vez na vida em que Trace pensava primeiro nele e eu lhe disse isso.

- Dessa vez, eu tenho de fazê-lo – ele admitiu. – Eu não serviria pra nada, se você me deixasse.

Soltei meus sapatos e deixei que caíssem no chão, depois virei, me ajoelhando e abracei seus ombros. – Eu te amo. Achei que meu coração fosse partir – eu murmurei, com os olhos cheios de lágrimas.

- Eu o teria consertado, benzinho – Trace disse, ao fungar em meu ouvido. – Não há nada que eu não fizesse por você.

Fiquei agarrada a ele, com minhas lágrimas caindo em sua pele nua, enquanto eu o segurava junto a mim. Também não havia nada que eu não fizesse por ele. Eu estava convencida de que ele realmente não ligaria se o meu passado viesse a público. – Será horrível se ela falar – eu alertei, ainda com medo, embora tivesse certeza de que ele me amava. Eu realmente não queria que meu passado lhe causasse qualquer sofrimento futuro. Se ele sofresse algum dano por minha causa, isso me mataria.

- Não me importa - disse Trace. – A única coisa que poderia me ferir é você ir embora.

Essa resposta me desarmou e eu fiquei grata pelo destino ter trazido esse homem incrível à minha vida, a única pessoa que havia acreditado inteiramente em mim.

Recuei quando ele esticou o braço até a mesinha de cabeceira e pegou algo. – Você se esqueceu disso – ele disse, com uma voz ligeiramente irritada.

Ele estava segurando o anel de sua mãe.

- Eu não podia ficar com isso – eu gaguejei surpresa por ele achar que eu não teria devolvido.

Ele ergueu minha mão esquerda e colocou o belo anel de volta em meu dedo. – Então, fique agora. Quero que você se case comigo, Eva. Sem fingimento, mas de verdade. Acabe com minha aflição e diga que será minha esposa, que usará isso para sempre.

Desviei os olhos da minha mão para o rosto dele, sem saber se estava alegre ou apavorada. Então, sem conseguir evitar, caí em prantos.

CAPÍTULO 18

Eva

A ideia de ter Trace em minha vida para sempre, como meu melhor amigo, meu amante e meu marido era irresistível.

Coisas assim não acontecem com mulheres como eu.

Abracei-o novamente, choramingando junto ao seu pescoço.

- Ora, a ideia de se casar comigo é assim tão deprimente? – perguntou Trace, me abraçando apertado.

- Não – eu respondi, dando uma tossida que mais pareceu um soluço de choro. – É incrível. Mas, para uma mulher como eu, é como uma fantasia ter o homem dos meus sonhos me pedindo em casamento.

- Sou um babaca, Eva. Mas se você concordar em me aturar, você me fará o babaca mais feliz do mundo.

Não pude evitar. Dei uma gargalhada. Trace podia ser arrogante, mandão e determinado a ter tudo do seu jeito, quando achava que estava certo, mas suas qualidades positivas se sobrepunham a tudo isso. Além disso, às vezes, eu até gostava de seu jeito mandão. Quando não era o caso, nós provavelmente brigaríamos, mas nada disso importava. Amávamos um ao outro, portanto, sempre entraríamos em acordo, de alguma forma.

- Você é meio mandão – eu disse.

- Concordo – ele logo falou.

- E eu não gosto quando você faz o que acha que é certo pra mim, sem me perguntar.

- Não farei – ele prometeu. Meu coração derreteu e eu não podia mais provocá-lo. – Mas você é meu Príncipe Encantado e me salvou quando eu não queria mais continuar tentando – eu disse chorosa. – Você acreditou em mim e fez com que eu voltasse a me sentir uma pessoa de valor. E eu logo passei a me sentir assim. Tenho trabalho a fazer, se vou me encontrar de novo, e deixar meu passado pra trás, mas sei que quero fazer isso com você. Não tenho certeza do que vou fazer da minha vida, mas agora sei onde é meu lugar.

- Onde? – ele perguntou, ansiosamente.

- Com você – eu disse baixinho, em seu ouvido. – Sempre com você, se você realmente me quer.

- Então, isso é um sim? – ele perguntou, com a voz rouca.

- Sim, por favor. Eu te amo tanto que até dói. Quero me casar com você. – Lágrimas imensas caíam pelo meu rosto, mas eu não ligava. Depois do que pareceu uma vida de inferno, agora eu tinha a coisa mais valiosa que eu possuía na vida: o amor de Trace.

- Nunca quero magoá-la, Eva. Acho que nós dois precisamos deixar o passado onde é seu lugar, no passado. Virou história. Você nunca foi culpada de nada, além de se matar de trabalhar para sobreviver. – Seus braços me apertavam, possessivamente. – Eu lhe darei tudo que puder, para fazê-la feliz. Quais eram seus planos, antes de ser presa?

Suspirei e pousei a cabeça no ombro forte de Trace. – Escola de Culinária. Isa estava me ajudando a conseguir bolsas de estudo e me arranjando uma escola que me permitisse trabalhar, enquanto eu estivesse aprendendo.

- No Colorado?

Eu assenti.

- Ainda bem, porra! – ele exclamou. – A última coisa que eu quero é ficar longe de você, para fazê-la feliz. Você ainda quer ir pra escola?

- Mais que tudo – eu disse, desejosa.

- Nós vamos encontrar a melhor escola na área e você pode ficar à vontade para experimentar suas novas receitas comigo – ele disse, magnânimo.

Eu dei uma risadinha, de tão feliz que estava. – Obrigada. Isso é muito legal da sua parte.

- Sou um cretino egoísta – ele corrigiu. – Você é uma cozinheira incrível.

Deus, como eu adorava esse homem que fazia com que eu me sentisse capaz de fazer qualquer coisa. – Eu te amo – eu lhe disse, ofegante com o coração disparado pela adrenalina de amar e ser amada. – Vou lhe preparar qualquer coisa que eu saiba fazer. É a única maneira que consigo pensar em lhe retribuir.

- Não me importa o que você faça, contanto que esteja feliz. Cozinhe. Não cozinhe. – Ele me virou na cama e cobriu meu dorso com o seu. – Seus olhos verdes se fixaram nos meus. – Apenas me ame e se case comigo.

O poder que Trace sempre parecia emanar ainda estava presente, mas a vulnerabilidade que ele estava disposto a mostrar teria me deixado de joelhos, se eu ainda estivesse de pé.

Eu sabia que era hora de me libertar do meu passado. Tudo que acontecera havia sido um infortúnio, mas o carma me dera um futuro inacreditável, e um homem que nunca mais deixaria que eu voltasse a me sentir sozinha e amedrontada. Se eu tivesse que passar por tudo outra vez, só para chegar onde eu estava agora, eu faria, só para estar com ele. Talvez eu até tivesse um pesadelo ocasional, e eu não sabia como me sentia em relação à minha avó, mas eu poderia descobrir isso depois. Tudo que importava era viver o presente e ser grata pelo destino, que pôs Trace Walker em meu caminho.

Ele estava certo. Eu não tinha culpa de nada, além de tentar ser uma pessoa melhor. De agora em diante, eu precisava abrir mão da minha raiva e erguer a cabeça, o mais alto possível. Eu era jovem. Estava incrivelmente feliz. E sabia ser capaz de fazer coisas boas. As Britneys do mundo podiam ir pro inferno. Ergui a mão e pousei em seu queixo, deixando meus dedos brincarem com seus lábios. – Eu também te amo, Trace. Deixaremos o passado, juntos.

- Combinado – ele disse. – Tenho algo que quero lhe dar, mas não quero fazê-la chorar outra vez.

Ele fez parecer que meu choro era a pior tortura pra ele. Será que ele não entendia que, na verdade, meus olhos estavam molhados porque eu estava incrivelmente feliz?

- Não vou chorar – eu prometi.

- Que bom. – Ele sorriu pra mim, ao sair da cama, e foi até seu armário, de onde tirou uma fotografia emoldurada. – Não tive a chance de embrulhar para colocar embaixo da árvore.

Por um instante, eu tinha ficado distraída por seu corpo nu, com os olhos grudados na bunda mais linda que eu já tinha visto. Até que ele virou e eu fui cumprimentada pela visão de seu pau lindo, em posição de alerta. Meus olhos devoravam cada músculo definido, quando ele voltou pra cama. Deus, será que eu sempre ficaria muda e perplexa, só em olhar pra ele? Vestido ou não, olhar pra ele sempre me tirava o ar.

Sorri pra ele e estendi a mão para aceitar a moldura. Tinha pelo menos um palmo e era pesada por ser ornamentada. Eu o virei e gelei, quando olhei aquele rosto que parecia olhar pra mim.

Era uma fotografia do meu pai.

Resfoleguei surpresa e, ao contrário do que havia prometido, as lágrimas minaram em meus olhos. – Oh, meu Deus. Como?

Eu não tinha uma fotografia do meu pai. Eu tinha perdido tudo, incluindo a maior parte dos meus pertences pessoais, quando fui presa.

- Encontrei no arquivo público e mandei fazer uma restauração digital. Você se parece com ele, Eva.

A foto original podia ter sido a de uma carteira de trabalho ou uma foto tirada por um colega. Era uma foto de perto, só o rosto e os ombros, mas meu pai estava sorrindo para a câmera, seus ombros largos cobertos por uma de suas camisas de trabalho. Meus dedos estavam tremendo quando eu tracejei o rosto de meu pai, embaixo do vidro. – Assim que me lembro dele. Por mais que ele trabalhasse, por mais difícil que fosse a vida, ele estava sempre sorrindo.

Trace sentou na cama e passou o braço à minha volta. – Então, vocês se parecem muito – ele comentou.

Nós éramos, mesmo, parecidos. A foto me devolveu um pedacinho do meu pai e me fez lembrar o quanto eu me orgulhava de ser sua filha. – Como posso lhe agradecer por algo assim?

- Dando um beijo? – ele sugeriu esperançoso.

Peguei cuidadosamente a foto e coloquei na mesinha de cabeceira. Era grande demais para colocar numa prateleira, mas depois eu pensaria num lugar para pendurar.

Passei os braços em volta do pescoço dele, cheguei bem perto e sussurrei junto aos seus lábios – Obrigada. – Então, eu o beijei, colocando no abraço toda a emoção que eu estava sentindo.

Foi engraçado como nossos presentes de Natal foram parecidos. Eu tinha comprado uma moldura grande e inserido fotos dele, de seu pai e dos irmãos, que pareciam estar em gavetas, espalhadas pela casa toda. Achei que ficaria bom em seu escritório. Estranho como nós dois quisemos que o outro se lembrasse de tempos mais felizes, um tempo anterior às ruínas de nossas vidas. Aquele presente, junto com outras coisinhas menores, já estava embrulhado e embaixo da árvore pra que ele abrisse de manhã.

Nós dois terminamos o beijo ofegantes. Trace levantou e me pôs de pé, lentamente me despindo, como se já fizesse isso há anos, antes de me deitar carinhosamente na cama e me cobrir com o lençol e o edredom.

Ele foi até o armário e rapidamente vestiu um robe de banho e seguiu para a porta.

- O que está fazendo? – eu perguntei, do meu casulo confortável.

- Me assegurando de que a Britney tenha partido até de manhã.

Ele saiu, antes que eu tivesse a chance e dizer qualquer coisa, mas estava de volta depois de alguns minutos.

Trace tirou o robe, apagou a luz e deitou ao meu lado. – Pronto – ele afirmou, ao me pegar nos braços.

Eu quase ronronei de contentamento, quando nossos corpos se juntaram, pele com pele. – Assim, tão depressa?

- Benzinho, ela não é tão assustadora quanto você possa pensar. Ela é uma mulher que ataca homens ricos. A última coisa que fará é contar segredos. Isso não é bom para seus futuros prospectos.

- O Dane está bem?

- Fazer com que ela saia cedo foi ideia dele. Depois que eu contei que ela estava ameaçando você, ele estava pronto para se livrar dela. Ele gosta de você. O Sebastian também.

- Eu gostaria de contar a verdade a eles, eventualmente – eu disse, hesitante. Eu sempre quis ter um irmão e pretendia tornar a família de Trace a minha família.

- Então, conte. Você pode decidir se quer ou não falar sobre seu passado. Pra mim, não importa, exceto pelo fato de detestar o quanto você sofreu.

Aninhei-me eu seu corpo quente, me sentindo tão contente que não conseguiria me mexer, nem se a casa pegasse fogo. Deus, eu adorava o jeito como ele confiava em meu julgamento, a forma como estava disposto a aceitar qualquer coisa que eu decidisse fazer. – Vou pensar a respeito.

Eu estava cansada e meus olhos se fecharam, quando eu relaxei junto a ele. – Eu te amo tanto. Feliz Natal, Trace.

- Feliz Natal, benzinho – ele respondeu e me deu um beijo carinhoso na testa.

Ao pegar no sono, eu pensava que o Natal não tinha sido exatamente como eu havia planejado. Eu sabia que esse trabalho com Trace mudaria minha vida, só não sabia o quanto.

Quando optei pelo plano "A", no dia em que conheci Trace, nunca imaginei que não somente seria salva das ruas, mas acabaria sendo verdadeiramente amada.

Para uma mulher como eu, que nunca conhecera muito amor na vida, não era menos que um milagre e o melhor presente que eu poderia receber.

Adormeci com um sorriso nos lábios e meus braços em volta do melhor presente de Natal.

EPÍLOGO

Trace

Qualquer homem que acha que se casar não é estressante para o noivo é um idiota!

Eu estava uma pilha de nervos, enquanto esperava na ante-sala destinada ao noivo e padrinhos, por um tempo que parecia uma eternidade, até que sermos chamados aos nossos lugares.

Dane parecia desconfortável com seu smoking preto, bem parecido com o meu, mas ele não estava reclamando. Eu sabia que não era fácil para ele deixar sua ilha e vir ao meu casamento, e estava muito grato por ele fazer isso por mim... e por Eva. Meu irmão caçula se afeiçoara muito a Eva e como ela ligava pra ele várias vezes por semana, ele estava começando a ficar mais sociável. Minha doce Eva podia ser teimosa e ela foi muito determinada ao deixar Sebastian, Dane e eu, próximos como éramos, quando jovens.

Aos pouquinhos... ela estava alcançando o seu objetivo.

Eu tinha preferido um casamento discreto, já que Dane era meu padrinho. Sebastian ia entrar com Eva, uma responsabilidade que ele estava encarando com muita seriedade. Na verdade, meu irmão do meio tinha se tornado um sócio modelo, o que me dava algum tempo extra para ficar com Eva, antes que ela iniciasse a escola de culinária no outono. Logo após o casamento, nós partiríamos para uma lua de mel bem comprida, uma viagem onde eu esperava passar bastante tempo nu com ela.

Embora estivesse nervoso, eu sorri um pouquinho, porque conhecia Eva. Ela estaria decidida a conhecer os lugares onde nunca estivera. Eu estaria igualmente decido a querer ficar transando, até me livrar da ereção permanente que tinha sempre que estava com ela.

Chegaríamos a um acordo.

Sempre chegávamos.

- Estou indo achar a noiva. Está quase na hora – disse Sebastian, ansioso.

Droga, ele parecia quase tão nervoso quanto eu. Olhei para meu irmão do meio, grato por todas as discussões que havíamos tido no passado. Já não falávamos tanto a respeito, e eu acho que tínhamos superado nossas diferenças. Eu não sabia o que ele queria e ele não tinha falado. Ambos assumiram suas cotas de culpa e, por conta disso, nos tornamos mais próximos.

- Não vá afugentar a minha noiva – eu resmunguei, olhando Sebastian vestido quase igual ao Dane e eu.

- Na verdade, eu estou torcendo para que ela o dispense no altar e fuja comigo - disse Sebastian, maliciosamente.

Olhei-o fulminante, mas me recusei a morder sua isca. Não havia nada que ele gostasse mais do que ficar me observando irritado e possessivo. Honestamente, eu sabia que Eva estava segura com Sebastian. Ele não mexia no território de outro homem e não ia roubar a minha noiva. Além disso, eu sabia que Eva me amava. Ainda assim, não gostei desse tom de humor, nesse momento.

- Apenas vá encontrar a Isa, espertalhão – eu rugi.

Sebastian só sorriu e saiu para encontrar minha noiva e a madrinha.

Eu tinha passado a gostar de Isa e de Robert, seu marido. Eles vinham sempre à nossa casa para jantar, e eu gostava dessas noites em que tínhamos visita. Isa era uma mulher meiga e seu marido era um cara rico com senso de humor. Os dois eram sempre bem vindos, convidados agradáveis.

- Você está bem? – Dane perguntou, curioso.

- Tudo bem – eu respondi.

- Parece um pouco nervoso. Acho que nunca o vi tão ansioso.

- Nunca me casei – eu respondi, secamente. – Quero apenas acabar logo com isso. Só quero que a Eva seja minha.

- Acha que ela vai fugir? Ela já é sua, Trace. Relaxe.

Pra ele, é fácil dizer. Ele nunca teve uma mulher que o deixasse de quatro. Não que Eva se aproveitasse disso. Mas, às vezes, era assustador amar alguém tanto assim.

- Estamos prontos, cavalheiros – disse a cerimonialista, da porta.

- Chegou a hora – disse Dane.

Segui a cerimonialista, com Dane vindo logo atrás. Assumimos os nossos lugares na frente da igreja e finalmente olhamos os convidados.

Muitos deles eram amigos casuais ou parentes distantes, mas meu olhar recaiu numa mulher elegante, na primeira fila, uma senhora. Nora Mitchell. Ela estava sentada com seus três enteados e eu sabia que Eva estaria feliz em vê-los ali. Eu não podia dizer que estava tudo perfeito no relacionamento entre Eva e a avó, mas elas estavam lentamente superando a dor do passado. Eu estava bem certo de que elas tinham mais momentos felizes do que tristes, e sabia que Eva se afeiçoara aos enteados de Nora.

Meu primo Gabe e sua esposa, Chloe estavam sorrindo na fileira da frente. Fiquei pensando se meu primo estaria gostando só um pouquinho do meu nervosismo, já que eu o provocara, quando ele e Chloe se casaram. Agora, infelizmente, eu entendia exatamente como ele se sentira. Olhei diretamente pra ele, antes de dar um leve sorriso para Chloe. Na verdade, eu estava grato à esposa do meu primo, e pelo fato de sua amiga havia ter ficado presa no feriado, sem conseguir chegar ao meu escritório para conversar sobre ser minha falsa noiva. Indiretamente, Chloe foi responsável por eu estar com Eva agora.

Meu coração começou a acelerar quando a música tocou e Isa entrou graciosamente, me lançando um olhar encorajador, antes de assumir seu lugar ao lado de Dane. Quando os convidados se levantaram para Eva, meus olhos se fixaram na porta, de onde eu sabia que ela entraria.

Prendi a respiração ao vê-la entrar elegantemente ao lado de Sebastian, incrivelmente linda com o vestido branco que ela havia escolhido.

Só soltei o ar quando Sebastian a trouxe até mim e ela estava seguramente ao meu lado. Senti uma dor estranha e pungente, quando vi que ela estava usando o colar e brincos de pérolas que eu havia lhe dado. Já fazia muito tempo, mas ela tinha finalmente aprendido a aceitar as joias que eu lhe comprava, dando um passo a mais para se distanciar de seus temores do passado.

Estranhamente, minha noiva não parecia nada nervosa e seu rosto estava iluminado com um imenso sorriso.

Nós viramos para a frente e eu peguei sua mão. – Você não parece nervosa – eu disse baixinho, para que só ela ouvisse.

- Não estou – sussurrou ela. – Esse é meu conto de fadas. Vou desfrutá-lo.

Sorri ao me lembrar que Eva se considerava um tipo de Cinderela. E eu sempre a lembrava que não era nenhum Príncipe Encantado.

Eu me senti relaxar. Eu podia não ser um herói, num conto de fadas, mas, contanto que Eva continuasse me vendo como se eu fosse, não importava.

- Mais tarde, eu terei o meu desejo.

- Pervertido – ela disse bem baixinho, me repreendendo, mas com uma afeição tão grande que eu já não estava mais nervoso.

Ora, eu estava me casando com a mulher que eu amava mais que qualquer pessoa no mundo. Agora ela estava ao meu lado e estava tudo bem.

- Estamos prontos? – disse o padre, com um sorriso.

- Sim – nós dissemos exatamente ao mesmo tempo.

Eva e eu olhamos um para o outro e sorrimos. A felicidade era um sentimento inebriante, mas eu estava bem certo que podia me acostumar com isso. Nenhum de nós dois tinha vivenciado muito essa emoção no passado. Eu podia ter dinheiro e Eva não, mas nós éramos profundamente ligados de várias outras formas, por isso, compreendíamos a dor um do outro.

Agora, estávamos aprendendo a aceitar a felicidade e saboreávamos cada minuto dela.

Ora, sim, eu estava pronto.

- Acho que esperei por esse momento a vida inteira – Eva sussurrou, quando o padre abriu a bíblia e folheou para encontrar a página que queria.

Meu coração se alegrou com suas palavras, pois eu sabia exatamente o que ela queria dizer. Cada minuto de dor e tristeza que nós havíamos vivenciado nos trouxe a esse momento.

Apertei sua mão, para que ela soubesse que eu entendia. – Estou esperando impacientemente pela lua de mel.

Uma risada escapou de seus lábios, destruindo inteiramente a atmosfera solene mas, pra mim não havia som melhor no mundo. Dei um sorrisinho, quando ela cobriu a boca para conter seu divertimento com meu comentário irreverente.

Ela não conseguiu.

Abracei-a, quando ela se jogou em meus braços e riu – eu te amo.

- Também te amo, meu benzinho – eu sussurrei em seu ouvido, segurando-a, sentindo seu cheiro doce.

O padre tossiu, obviamente dando um sinal de que agora estava tudo organizado, mas eu o ignorei até estar pronto para soltá-la.

Finalmente nos afastamos e eu peguei novamente a sua mão, assentindo para que o homem de cabelos grisalhos começasse a cerimônia.

Podia não ser o jeito como se começa um casamento de conto de fadas, mas assim éramos nós, eu e Eva, e eu achei que o riso era a forma perfeita de começarmos nossa vida juntos.

Fim

BIOGRAFIA

J.S. Scott "Jan" é autora de romances eróticos *best-sellers* do New York Times, do Wall Street Journal e do USA Today. Ela é também leitora ávida de todos os tipos de livros e literatura. Ao escrever sobre o que ama ler, J.S. Scott cria romances contemporâneos quentes e romances paranormais. Eles são geralmente centrados em um macho alfa e têm sempre um final feliz, já que ela simplesmente não consegue escrever de outra forma! Ela mora nas belas Montanhas Rochosas com o marido e os dois pastores alemães mimados.

Acesse:
http://www.authorjsscott.com

Facebook Oficial:
http://www.facebook.com/authorjsscott

Facebook Oficial no Brasil:
https://www.facebook.com/J.S.ScottBrasil

Instagram:
www.instagram.com/j.s.scottbrasil

Você também pode tuitar:
@AuthorJSScott

Para receber notícias sobre lançamentos, vendas e sorteios, assine o boletim informativo em http://eepurl.com/KhsSD

LIVROS EM PORTUGUÊS DE J.S. SCOTT

Série *A Obsessão do Bilionário:*

A Obsessão do Bilionário: A Coleção Completa (Simon)
O Coração do Bilionário (Sam)
Procure a história de Max,
A Salvação do Bilionário,
em breve.

Série *Um romance dos Irmãos Walker:*

Liberte-se! (Trace)